豪放词

編者序

豪放詞派是宋詞兩大風格流派之一，與婉約詞相對。第一個用「豪放」評詞的是北宋大文豪蘇軾，經靖康事變之後，豪放派得以迅速發展，代表詞人有蘇軾及辛棄疾等人，蘇詞豪放，辛詞雄放，在愛國的理念基礎下，抒寫壯麗山河、歷史遺跡、經典事蹟及個人壯志，藉此統治南宋詞壇。但因南宋國事日漸式微，豪放派詞人漸擅粗直之詞等原因，致使風雅詞漸盛。

豪放派的形成與發展約分為四個階段：首先，范仲淹寫〈漁家傲〉發豪放詞之先聲，可稱為預備階段；蘇軾大力提倡寫壯詞，欲與柳永等分庭抗禮，豪放派由此進入第二階段。然而當時學蘇詞的人只有十之一二，學曹柳者有十之七八。蘇軾之後，經賀鑄中傳，加上靖康事變的引發，豪放詞派迅速發展，集為大成。這便是第三階段，亦即頂峰階段。這一時期除卻豪放詞領袖辛棄疾外，還有李綱、陳與義、葉夢得、朱敦儒、張元幹、張孝祥、陸游、陳亮、劉過等大批傑出的詞人。第四階段為延續階段，代表詞人有劉克莊、黃機、戴復古、劉辰翁等。他們繼承辛棄疾的詞風，賦詞依然雄豪，但由於南宋國事衰微，風雅詞盛，豪放派的詞作便或呈粗囂，或返典雅，悲灰之氣漸濃。

宋代是積貧積弱的朝代，是以文人為主體的國家政權。北宋神宗年間社會變革，已可見其改革腳步不穩的困境。北宋末年，宋金聯合發動的滅遼戰爭，充分暴露了宋王朝的腐敗和孱弱。遼亡後不久，金貴族政權的鐵騎便大舉南侵，吞併了整個中原地區，於是徽、欽被擄，高宗南渡。面對國家的危亡，民族的恥辱，人民的苦難，具正義感的詞人們，便撥動銅琵琶，叩響鐵綽板，高歌北伐。

創作視野較為廣闊，氣象恢弘雄放，喜用詩文的手法、句法寫詞，語詞宏博，用事較多，不拘守音律，這是豪放派的特點。豪放派不僅以軍情國事那樣的重大題材入詞，也描寫花間月下的纏綿情思，所謂「無言不可入，無事不可入」。豪放派內部的分派較少，僅有蘇派、辛派、叫囂派三個階段性的細支：蘇詞清放，辛詞雄放，南宋後期的某些豪放詞作則顯粗放，清朝的豪放詞人如陳維崧等亦多寓雄於粗，以粗豪見長。

人人出版社《人人讀經典》系列，選取三百首左右豪放詞經典作品，盼能喚起讀者心中那金戈鐵馬、百戰沙場的壯志豪情。

【目錄】

豪放词

卷三◉北宋詞

卷四◉南宋詞

卷五◉金元明清詞

卷六◉詞人略傳

【卷一】

敦煌曲子詞

酒泉子

每見惶惶，隊隊雄軍驚御輦。
驀街穿巷犯皇宮，只擬奪九重。
長槍短劍如亂麻，爭奈失計無投竄。
金箱玉印自攜將，任他亂芬芳。

酒泉子—唐教坊曲名，後用為詞調。酒泉，甘肅酒泉市。七四二年至七五八年為唐代酒泉郡。

惶惶—猶「煌煌」。鮮明、明亮的樣子。

御輦—指皇帝的車駕。

驀—原意為突然，詞中做超越講。「驀街穿巷」即過街穿巷。

九重—即九重城闕，是帝王所居之處。

爭奈—怎奈。

將—攜帶。

芬芳—指皇室貴族的子女們，或指繁華的京城皇宮。

生查子

三尺龍泉劍，匣裡無人見。
一張落雁弓，百支金花箭。
為國竭忠貞，苦處曾征戰。
先望立功勳，後見君王面。

生查子—唐教坊曲名，後用為五言八句仄韻之聲詩。

龍泉劍—為古代傳說中的寶劍。《太平寰宇記》載，據傳有人用龍泉縣的水鑄成寶劍，劍化龍飛去，故稱。又《晉書‧張華傳》記，晉人雷煥曾在豐城（在江西省）監獄一屋基下掘得雙劍，上刻文字，一名「龍泉」，一名「太阿」。

落雁弓、金花箭—弓箭之美稱。

菩薩蠻

古往出神將，感得諸蕃遙欽仰。
效節望龍庭，麟臺早有名。
只恨隔蕃部，情懇難申吐。
早晚滅狼蕃，一齊拜聖顏。

效節—為國盡忠節。
龍庭—古代匈奴祭祀天神的處所。這裡指朝廷。
麟臺—即麒麟臺，漢代閣名。宣帝曾將功臣十一人的像畫在此閣上，後代就將此閣作為皇帝褒獎臣子功勳之處的代稱。
蕃部—指吐蕃部落。
狼蕃—對邊地異族部落的蔑稱。此指吐蕃。

浣溪沙

五兩竿頭風欲平，長風舉棹覺船輕。
柔櫓不施停卻棹，是船行。
滿眼風波多閃爍，看山恰似走來迎。
仔細看山山不動，是船行。

五兩竿頭—原作「五里竿頭」，五里即為「五量」，即「五兩」。五兩是船上的候風器，古人以雞毛五兩繫在船上竿頂，視雞毛被風吹動的程度判斷風力的大小。

風欲平—指雞毛被風吹得接近水平狀態。

柔櫓—搖船用的工具，多置於船尾。柔，形容搖櫓時動作的輕巧和聲音的柔和。

閃爍—形容波光蕩漾不定。

定風波二首 其一

攻書學劍能幾何，爭如沙塞騁僂羅？
手執綠沉槍似鐵，
明月，龍泉三尺斬新磨。
堪羨昔時軍伍，謾誇儒士德能多。
四塞忽聞狼煙起，
問儒士，誰人敢去定風波？

攻書學劍—漢代司馬相如有「少時好讀書，學擊劍」句，後以「書劍」為士子的代稱。
僂—聰明伶俐。
羅—指「儸」。
綠沉槍—古代名槍。
斬新—嶄新。
多—稱道。
狼煙—烽火。古代烽火用狼糞點燃，取其煙直而聚。

定風波二首　其二

征戰僂羅未足多，儒士僂羅轉更加。
三策張良非惡弱，
謀略，漢興楚滅本由他。
項羽翘據無路，酒後難消一曲歌。
霸王虞姬皆自刎，
當本，便知儒士定風波。

僂羅—聰明能幹。

三策—原文「三尺」，指儒生繫在腰上的三尺絲帶，這裡用來代指儒生。

惡弱—「惡」疑為「愚」的形訛。

翘據—「翘」疑是「竊」的音訛。

一曲歌—指項羽在四面受敵時所吟詠的悲歌。

「霸王」句—項羽自刎於烏江，史書多有記載。而其愛姬虞姬自刎之說，《史記》、《漢書》等正史均無記載，其事當出自後世傳說。

當本—原本。

【卷二】

唐五代詞

菩薩蠻

李白

平林漠漠煙如織，寒山一帶傷心碧。
暝色入高樓，有人樓上愁。
玉階空佇立，宿鳥歸飛急。
何處是歸程？長亭更短亭。

漠漠—密布貌。形容煙霧散布的樣子。

傷心碧—是說山色轉深。「傷心」為程度副詞，起修飾作用。

暝色—暮色。

玉階—白色玉石砌就的台階。

宿鳥—歸巢的鳥。

「長亭」句—庾信〈哀江南賦〉：「十里五里，長亭短亭」，即十里一長亭，五里一短亭，為古代設在大路邊供行人歇腳的亭舍。

憶秦娥

李白

簫聲咽，秦娥夢斷秦樓月。
秦樓月，年年柳色，灞陵傷別。
樂遊原上清秋節，咸陽古道音塵絕。
音塵絕，西風殘照，漢家陵闕。

咽—嗚咽。
秦娥—指秦穆公之女弄玉。她與其夫蕭史皆精音樂，夫婦琴瑟甚篤。此指京城長安的美女。
秦樓—秦穆公女弄玉吹簫引鳳之樓，今古相傳以為秦樓。
灞陵—漢文帝劉恆的陵墓，在今陝西西安東郊。附近有灞陵，人們在此折柳送別。

調笑令

韋應物

胡馬，胡馬，遠放燕支山下。跑沙跑雪獨嘶，東望西望路迷。迷路，迷路，邊草無窮日暮。

河漢，河漢，曉掛秋城漫漫。愁人起望相思，塞北江南別離。離別，離別，河漢雖同路絕。

胡—古代對北方和西方各族的泛稱。

燕支山—在今甘肅省張掖市山丹縣境內。

跑—同「刨」。

嘶—馬叫聲。

河漢—天河、銀河。

竹枝詞

李涉

十二山晴花盡開，
楚宮雙闕對陽臺。
細腰爭舞君沉醉，
白日秦兵天下來。

十二山—即巫峽十二峰，在今四川巫山縣東，長江北岸。

楚宮—是春秋戰國時楚王的離宮，俗稱「細腰宮」。在巫山縣西北，三面皆山，南望長江。

陽臺—一名「陽雲臺」，在巫山來鶴峰上，南枕長江。

細腰—楚靈王以細腰為美，宮中美人投其所好，此代指楚宮美人。

「白日」句—指公元前二七八年秦國攻破楚國都城郢，並於其後五十餘年滅楚的史實。

浪淘沙

劉禹錫

九曲黃河萬里沙，
浪淘風簸自天涯。
如今直上銀河去，
同到牽牛織女家。

九曲黃河—黃河源遠流長，說九曲十八彎，並非指確數，是極言其多。

萬里沙—黃河在流經各地時挾帶大量泥沙。

浪淘風簸—黃河捲著泥沙，風浪滾動的樣子。浪淘，波浪淘洗。簸，掀翻，上下簸動。

牽牛織女—星座名，相傳織女是天上仙女，下凡和牛郎結為夫婦。西王母罰他們隔河相望，只能在每年七月七日的夜晚相會。

浪淘沙

劉禹錫

八月濤聲吼地來，
頭高數丈觸山回。
須臾卻入海門去，
卷起沙堆似雪堆。

八月濤聲—指錢塘江大潮，在八月中秋前後，因受月球引力的影響，海水蜂擁出海口，浪濤呼嘯而來，吼聲像是從地下發出的。

海門—江海匯合之處。

卷—同「捲」。

浪淘沙

莫道讒言如浪深，
莫言遷客似沙沉。
千淘萬漉雖辛苦，
吹盡狂沙始到金。

劉禹錫

遷客—指遭朝廷貶謫或流遷到外地的官員。

「**千淘萬漉**」二句—比喻清白正直的人雖然一時被小人陷害，歷盡辛苦之後，他的價值還是會被發現的。淘、漉，過濾。

浪淘沙

白居易

隨波逐浪到天涯，
遷客生還有幾家。
卻到帝都重富貴，
請君莫忘浪淘沙。

隨波逐浪—顛沛流離的樣子。

帝都—皇帝居住的地方。此處代指朝廷。

「請君」句—請你不要忘了在異鄉那些大浪淘沙的坎坷。

定西番

牛嶠

紫塞月明千里，金甲冷，
戍樓寒，夢長安。
鄉思望中天闊，漏殘星亦殘。
畫角數聲嗚咽，雪漫漫。

紫塞—長城，亦泛指北風邊塞。晉人崔豹《古今卷》上：「秦築長城，土色皆紫，漢塞亦然，故稱紫塞。」

金甲—鎧甲。

戍樓—邊關營壘的望樓。

漏殘—指夜將盡，天將亮。漏，古代以銅壺滴漏的計時器。

畫角—古代軍中樂器名。以竹木為之，外加彩繪。後來軍中多用以報昏曉，振士氣。

浪淘沙

皇甫松

灘頭細草接疏林，
浪惡罾舡半欲沉。
宿鷺眠鷗飛舊浦，
去年沙嘴是江心。

疏林—樹葉稀疏的樹林。
罾—本指漁網，此當「捕魚」解。
舡—指船。
舊浦—原來的水濱。
沙嘴—江口處積沙所造成的小洲。

摘得新

皇甫松

酌一卮，須教玉笛吹。
錦筵紅蠟燭，莫來遲。
繁紅一夜經風雨，是空枝。

枝枝葉葉春，管弦兼美酒，最關人。
平生都得幾十度，展香茵。

酌一卮—飲上一杯酒。酌，飲。卮，古代飲酒的器皿。

「須教」句—須讓玉笛吹奏樂曲伴飲。

錦筵—指富麗的筵席。

繁紅—指開得爛漫的各種鮮花。

關人—動人。

「平生都得」二句—一生能有幾回，得到這樣鋪展芳香墊席的好時機。

菩薩蠻

韋莊

勸君今夜須沉醉，尊前莫話明朝事。珍重主人心，酒深情亦深。

須愁春漏短，莫訴金盃滿。遇酒且呵呵，人生能幾何。

尊—同「樽」，本是酒器，此處代指酒席。

「須愁」句—應愁時光短促。漏，古代滴水計時的器具，此處代指時間。

莫訴—不要推辭。

呵呵—笑聲。此處有強顏歡笑的意味。

喜遷鶯

韋莊

街鼓動，禁城開，天上探人回。
鳳銜金榜出雲來，平地一聲雷。
鶯已遷，龍已化，一夜滿城車馬。
家家樓上簇神仙，爭看鶴沖天。

禁城—皇城。古代與皇帝有關的處所常加「禁」字，如「禁中」（皇帝所居地）、「禁苑」（天子遊獵之地）、「禁闥」（天子居所之門）等。

「天上」句—寫從朝廷應試而歸。天上，指朝廷。探人，疑作探春，探春指應科舉考試。

「鳳銜」句—鳳鳥銜著金榜從雲彩中出來，比喻天子授金榜。金榜，應試中第的名單。

「鶯已遷」三句—鶯已飛遷，龍已化成，一夜間滿城車馬。寫中舉之人的歡快情景。鶯遷、龍化，皆比喻中舉。

簇—聚集。

神仙—指美女。

鶴沖天—比喻登科中舉的人。

漁歌子

李珣

楚山青，湘水淥，春風澹蕩看不足。
草芊芊，花簇簇，漁艇棹歌相續。
信浮沉，無管束，釣回乘月歸灣曲。
酒盈斟，雲滿屋，不見人間榮辱。

淥—清澈。
澹—安靜。
芊芊—草木茂盛的樣子。
棹歌—漁歌。
信浮沉—聽任漁舟自在地起落。喻己於世，聽其自然。信，任由。
灣曲—指河彎曲處。
雲滿屋—月光和江霧籠罩，如雲滿屋。

菩薩蠻

李曄

登樓遙望秦宮殿，茫茫只見雙飛燕。
渭水一條流，千山與萬丘。
遠煙籠碧樹，陌上行人去。
安得有英雄，迎歸大內中。

秦宮殿—借指唐宮殿。

渭水—黃河最大的支流，在陝西東部。

陌上—小路。

大內—指皇宮。

定西番

孫光憲

雞祿山前遊騎，邊草白，
朔天明，馬蹄輕。
鵲面弓離短韔，彎來月欲成。
一隻鳴髇雲外，曉鴻驚。

帝子枕前秋夜，霜幄冷，
月華明，正三更。
何處戍樓寒笛，夢殘聞一聲。

雞祿山—山名，在今內蒙古自治區杭錦後旗西北部。東漢時，竇憲出雞鹿塞，與北匈奴戰於稽落山（即雞祿山），得勝後，登燕然山刻石記功而凱旋。

遊騎—流動的騎兵。

邊草白—塞上草枯，經霜後一片白色。

朔天—北方的天。

鵲面弓—弓名，弓背上飾有鵲形。

韔—裝弓的袋子。

「彎來」句—意思是拉開弓來如圓月一般。彎，拉開，作動詞用。月欲成，將成滿月形。

鳴髇—響箭，即鳴鏑。

遙想漢關萬里，淚縱橫。

帝子—原指帝王之子女。《楚辭・九歌・湘夫人》：「帝子降兮北渚，目眇眇兮愁予。」此處帝子疑指烏孫公主。漢元封中，烏孫王昆莫遣使求婚，武帝遣江都王建之女細君為公主而嫁之，世稱烏孫公主。昆莫年老，言語不通，公主悲鬱，自作歌以寫憂，曰：「吾家嫁我兮天一方，遠託異國兮烏孫王。穹廬為室兮氈為牆，以肉為食兮酪為漿，常思漢土兮心內傷，願為黃鵠兮還故鄉。」

幄—帳幕。

戍樓—戍所的城樓。

【卷三】

北宋詞

酒泉子

長憶觀潮，滿郭人爭江上望，
來疑滄海盡成空，萬面鼓聲中。
弄潮兒向濤立，手把紅旗旗不溼。
別來幾向夢中看，夢覺尚心寒。

潘閬

滿郭—滿城。
滄海—大海。
鼓聲—形容潮水的巨大轟響。
弄潮兒—指朝夕與潮水周旋的水手或在潮中戲水的少年人。
覺—睡醒。

陽關引

寇準

塞草煙光闊，渭水波聲咽。春朝雨霽輕塵歇。征鞍發。指青青楊柳，又是輕攀折。動黯然，知有後會甚時節。

更盡一杯酒，歌一闋。嘆人生，最難歡聚易離別。且莫辭沉醉，聽取陽關徹。念故人，千里自此共明月。

煙光—指遼遠迷濛的景色。

輕攀折—古代有折柳送別的習俗，以示挽留之意。此處指輕易離別之意。

闋—此指歌曲。

辭—辭別。

夜半樂

柳永

凍雲黯淡天氣，
扁舟一葉，乘興離江渚。
渡萬壑千巖，越溪深處，怒濤漸息，
樵風乍起，更聞商旅相呼。
片帆高舉，泛畫鷁、翩翩過南浦。
望中酒旆閃閃，
一簇煙村，數行霜樹。

凍雲－冬天濃重聚積的雲。

扁舟－小船。

萬壑千巖－出自《世說新語・言語》：顧愷之自會稽歸來，盛讚那裡的山川之美，說：「千巖競秀，萬壑爭流。」這裡指千山萬水。

越溪－泛指越地的溪流。

樵風－順風。

鷁－是古書上說的一種水鳥，不怕風暴，善於飛翔。古人將其畫在船頭，取順風行駛、大吉大利之意。

南浦－泛指水邊。古代常用以代

殘日下、漁人鳴榔歸去。
敗荷零落，衰楊掩映，
岸邊兩兩三三，浣沙遊女。
避行客、含羞笑相語。
到此因念，繡閣輕拋，浪萍難駐。
嘆後約，丁寧竟何據！
慘離懷、空恨歲晚歸期阻。
凝淚眼、杳杳神京路。
斷鴻聲遠長天暮。

指送別之地。
鳴榔—用木棒敲擊船舷，發出聲音，驅魚入網。榔，長木棒。
浪萍—隨浪轉滾的浮萍，用來比喻旅人漂泊不定的生活。
後約—約定的後會之期。
丁寧—同「叮嚀」，臨別鄭重囑咐。
何據—有什麼根據，是說臨別時相互的約定、囑咐都不可靠。
空恨—徒恨。
杳杳—遙遠的意思。
神京—指都城汴京。
斷鴻—孤雁。

鶴沖天

柳永

黃金榜上，偶失龍頭望。明代暫遺賢，如何向？未遂風雲便，爭不恣狂蕩。何須論得喪？才子詞人，自是白衣卿相。

煙花巷陌，依約丹青屏障。幸有意中人，堪尋訪。

「黃金榜」二句－指科舉考試落第。龍頭，狀元的別稱。

暫－暫時。

遺賢－指棄置未用的賢才。

如何向－今後該怎麼辦呢？

風雲便－比喻高居官位。

「爭不」二句－為什麼不隨心所欲地遊樂呢！何必為功名患得患失？爭不，怎不。

白衣卿相－指自己才華出眾，雖無功名，也似卿相一般尊貴。白衣，古代未仕之士著白衣。

煙花巷陌－指妓女的住處。

依約－依稀隱約。

丹青屏障－彩繪的屏風。

且恁偎紅倚翠，風流事，平生暢。
青春都一晌。
忍把浮名，換了淺斟低唱！

堪—能，可以。
恁—如此。
偎紅倚翠—指狎妓。
忍—忍心，狠心。
浮名—指功名。

八聲甘州

柳永

對瀟瀟暮雨灑江天，一番洗清秋。
漸霜風淒緊，關河冷落，殘照當樓。
是處紅衰翠減，苒苒物華休。
唯有長江水，無語東流。
不忍登高臨遠，
望故鄉渺邈，歸思難收。
嘆年來蹤跡，何事苦淹留？

瀟瀟—雨聲急驟。
「一番」句—經過一番雨洗的秋景，分外寒涼清朗。
淒緊—形容秋風寒冷蕭瑟。
關河—泛指山河。
「是處」句—指到處都是衰敗的景象。紅，翠，指代花草樹木。
苒苒—漸漸地。
物華休—美好的景致已不復存在。

渺邈—遙遠。

淹留—久留。

想佳人妝樓顒望，
誤幾回天際識歸舟？
爭知我，倚闌干處，正恁凝愁！

佳人—美女。古詩文中常用代指自己所懷念的對象。

顒—抬頭。

「誤幾回」句—謝朓之〈宣城出新林浦向板橋〉：「天際識歸舟，雲中辨江樹。」本句指多少次將遠處來的船誤認作是丈夫的歸舟，極寫思情之深。

爭知—怎知。

恁—如此，這樣。

凝愁—愁思凝結難解。

漁家傲

范仲淹

塞下秋來風景異，衡陽雁去無留意。
四面邊聲連角起，
千嶂裡，長煙落日孤城閉。
濁酒一杯家萬里，燕然未勒歸無計，
羌管悠悠霜滿地。
人不寐，將軍白髮征夫淚。

漁家傲—此詞為北宋年間流行歌曲，始見於北宋晏殊，因詞中有「神仙一曲漁家傲」句，便取「漁家傲」三字作詞名。

塞下—邊界要塞之地，這裡指西北邊疆。

風景異—指景物與江南一帶不同。

衡陽雁去—湖南衡陽縣南有回雁峰，相傳雁至此不再南飛。

邊聲—馬嘶風號之類的邊地荒寒肅殺之聲。

角—軍中的號角。

嶂—像屏障一般的群山。

煙—荒漠上的煙。

燕然—山名，即今蒙古境內之杭愛山。

勒—刻石記功。

羌管—羌笛。

悠悠—形容聲音飄忽不定。

霜滿地—喻夜深寒重。

剔銀燈

范仲淹

昨夜因看蜀志，笑曹操孫權劉備。
用盡機關，徒勞心力，只得三分天地。
屈指細尋思，爭如共、劉伶一醉？
人世都無百歲。少痴騃、老成尪悴。
只有中間，些子少年，忍把浮名牽繫。
一品與千金，問白髮、如何迴避？

蜀志—指《三國志・蜀書》。

爭—怎。

劉伶—字伯倫，西蜀沛國人，「竹林七賢」之一，平生嗜酒，曾作〈酒德頌〉。他常乘鹿車，攜一壺酒，讓人帶著鋤頭在身後跟著，說：「死便埋我。」

痴騃—愚蠢笨拙，不懂事。

尪悴—年老時瘦弱枯槁。

些子—一點點。

浮名—指功名。

一品與千金—指官位一品，富貴百萬。

如何迴避—又如何躲得過白髮蒼蒼的自然規律呢？

蘇幕遮

范仲淹

碧雲天，黃葉地，
秋色連波，波上寒煙翠。
山映斜陽天接水，
芳草無情，更在斜陽外。
黯鄉魂，追旅思，
夜夜除非，好夢留人睡。
明月樓高休獨倚，
酒入愁腸，化作相思淚。

「芳草」二句—意指草地綿延到天涯，似乎比斜陽更遙遠。「芳草」常暗指故鄉，因此這兩句有感嘆故鄉遙遠之意。

黯—黯然。這裡是說思鄉心情的愁悶。

鄉魂—即思鄉的情思。

追—追念之意。

旅思—羈旅之思。

浣溪沙

歐陽修

堤上遊人逐畫船，
拍堤春水四垂天。
綠楊樓外出鞦韆。

白髮戴花君莫笑，
六么催拍盞頻傳。
人生何處似樽前。

「綠楊」句—王維〈寒食城東即事〉詩：「蹴踘屢過飛鳥上，鞦韆競出垂楊裡。」馮延巳〈上行杯〉詞：「柳外鞦韆出畫牆。」

六么—唐時琵琶曲名。王灼《碧雞漫志》卷三云：「〈六么〉，一名〈綠要〉，一名〈樂世〉，一名〈錄要〉。」白居易〈琵琶行〉：「輕攏慢捻抹復挑，初為霓裳後六么。」

樽—古代的盛酒器具。

朝中措

◎送劉仲原甫出守維揚

歐陽修

平山欄檻倚晴空，山色有無中。
手種堂前垂柳，別來幾度春風。
文章太守，揮毫萬字，一飲千鍾。
行樂直須年少，樽前看取衰翁。

平山—平山堂，歐陽修做郡守時建。

欄檻—欄杆。

「手種」句—平山堂前，歐陽修曾親手種下柳樹。

文章太守—贊譽劉原甫之語。作者當年知揚州府時，以文章名冠天下，故自稱「文章太守」，此處也是作者自謂。

揮毫萬字—形容才思敏捷。

一飲千鍾—形容酒量大。

直須—應當。

看取—試看。

衰翁—老翁，此處為作者自稱。

桂枝香

王安石

登臨送目。
正故國晚秋，天氣初肅。
千里澄江似練，翠峰如簇。
歸帆去棹殘陽裡，
背西風、酒旗斜矗。
綵舟雲淡，星河鷺起，畫圖難足。
念往昔、繁華競逐。

登臨送目—登山臨水，舉目望遠。
故國—舊時的都城，指金陵。
初肅—天氣開始變冷。肅，肅殺，形容草木枯落，天氣寒而高爽。
千里澄江似練—形容長江像一匹長長的白絹。
星河鷺起—白鷺從水中沙洲上飛起。長江中有白鷺洲（在今南京水西門外）。星河，銀河，這裡指長江。
畫圖難足—用圖畫也難以完美地表現它。
繁華競逐—六朝的達官貴人爭著過豪華的生活。競逐，競相仿效追逐。

歎門外樓頭，悲恨相續。
千古憑高對此，謾嗟榮辱。
六朝舊事隨流水，
但寒煙、衰草凝綠。
至今商女，時時猶唱，後庭遺曲。

門外樓頭—指南朝陳亡國慘劇。語出杜牧〈台城曲〉：「門外韓擒虎，樓頭張麗華。」韓擒虎是隋朝開國大將，他已帶兵來到金陵朱雀門（南門）外，陳後主尚與他的寵妃張麗華於結綺閣上尋歡作樂。

悲恨相續—指亡國悲劇連續發生。

謾嗟榮辱—空嘆歷朝興衰。

浪淘沙

王安石

伊呂兩衰翁，歷遍窮通。
一為釣叟一耕傭。
若使當時身不遇，老了英雄。
湯武偶相逢，風虎雲龍。
興王只在笑談中。
直至如今千載後，誰與爭功？

伊呂—指伊尹與呂尚。伊尹是商的開國功臣。呂尚姓姜，名尚，字子牙，世稱姜子牙。他晚年在渭水河濱垂釣，遇周文王受到重用，輔武王滅商，封侯齊。

衰翁—衰老之人，即指伊尹與呂尚大器晚成，很老了才被重用。

窮通—窮困和發達。

風虎雲龍—此句將雲風喻賢君，龍虎喻賢臣，意為明君與賢臣合作有如雲從龍、風從虎，建邦興國。

興王—興國之王，即開創基業的國君。這裡指輔佐興王。

爭—爭論，比較。

賣花聲 ◎題岳陽樓

張舜民

木葉下君山，空水漫漫。
十分斟酒斂芳顏。
不是渭城西去客，休唱陽關。
醉袖撫危闌，天淡雲閒。
何人此路得生還？
回首夕陽紅盡處，應是長安。

木葉—樹葉。
君山—在湖南岳陽樓西南洞庭湖中。
空水—天空和水面。
斂芳顏—收斂容顏，肅敬的樣子。
渭城—今陝西西安西北。
陽關—王維〈送元二使安西〉詩入樂歌唱，稱為《陽關三疊》，又名《陽關曲》。
危闌—高樓的欄杆。
長安—此指汴京。

臨江仙

蘇軾

夜飲東坡醒復醉，歸來彷彿三更。家童鼻息已雷鳴。敲門都不應，倚杖聽江聲。

長恨此身非我有，何時忘卻營營？夜闌風靜縠紋平。小舟從此逝，江海寄餘生。

「夜飲」句—西元一〇八〇年，蘇軾因烏臺詩案被貶黃州，住在城南長江邊的臨皋亭。後在附近開荒種地，名之曰「東坡」，自號「東坡居士」，還在那裡修築「雪堂」。這首詞記述一個深秋之夜，作者在雪堂暢飲後帶醉返回臨皋的情景。

三更—相當於子夜前後一小時的時間。

家童—家中的年輕男僕。

鼻息—鼻中呼吸的氣息。

忘卻—這裡指擺脫。

營營—周旋、忙碌，形容為利祿競逐鑽營。

夜闌—夜深。

縠紋—縐紗似的細紋，用以比喻水波細紋。

寄—暫時的託身。

餘生—暮年、後半生。

水調歌頭

◎丙辰中秋，歡飲達旦，大醉，作此篇。兼懷子由

蘇軾

明月幾時有，把酒問青天。
不知天上宮闕，今夕是何年？
我欲乘風歸去，
又恐瓊樓玉宇，高處不勝寒。
起舞弄清影，何似在人間。
轉朱閣，低綺戶，照無眠。

丙辰—公元一〇七六年（宋神宗熙寧九年），當時蘇軾任密州太守。

子由—蘇軾弟蘇轍，字子由。

把酒—拿著酒杯。

青天—指天空。

天上宮闕—指月中宮殿，闕，古代宮殿前兩側的高臺，中間有道路，可用來觀賞風景。

瓊樓玉宇—美玉建築的樓宇，指月中宮殿。

不勝—不堪承受。

弄清影—形容月光下的身影也跟著做出各種舞姿。弄，舞弄。

何似—不如，哪裡比得上。

朱閣—朱紅的華麗樓閣。

不應有恨，何事長向別時圓？
人有悲歡離合，月有陰晴圓缺，
此事古難全。
但願人長久，千里共嬋娟。

綺戶—雕飾華麗的門窗。

共—共賞。

嬋娟—比喻美麗的月光。

水調歌頭

◎黃州快哉亭贈張偓佺

蘇軾

落日繡簾捲，亭下水連空。
知君為我新作，窗戶濕青紅。
長記平山堂上，
攲枕江南煙雨，杳杳沒孤鴻。
認得醉翁語：山色有無中。
一千頃，都鏡淨，倒碧峰。
忽然浪起，掀舞一葉白頭翁。

快哉亭—神宗元豐六年閏六月，張偓佺在黃州江邊建一亭，蘇軾題名「快哉亭」，並寫下這首極具特色的詞相贈。

濕青紅—謂青紅兩色鮮豔得像是未乾一樣。青，指綠色或藍色。

平山堂—蘇軾的老師歐陽修在揚州修建的觀景建築，在今蘇州北大明寺附近。

醉翁—歐陽修晚年自號醉翁。

掀舞—拍打、激盪、翻滾。

白頭翁—指小船上的白髮漁父。

堪笑蘭台公子，
未解莊生天籟，剛道有雌雄。
一點浩然氣，千里快哉風。

蘭台公子—指宋玉，他在〈風賦〉中曾將風分為雌雄兩種。
剛道—硬說。
浩然氣—至剛至大的氣。
快哉風—這裡有雙重內涵：吹過快哉亭前的風；令人快意的風，使人忍不住要呼「快哉！」

念奴嬌

◎赤壁懷古

蘇軾

大江東去，浪淘盡，千古風流人物。
故壘西邊，人道是，三國周郎赤壁。
亂石崩雲，驚濤裂岸，捲起千堆雪。
江山如畫，一時多少豪傑。

遙想公瑾當年，
小喬初嫁了，雄姿英發。
羽扇綸巾，談笑間，檣櫓灰飛煙滅。

大江—壯闊的長江。
風流人物—有功績。才學的名人。
故壘—舊時的城池營壘。
周郎—即周瑜。二十四歲在東吳任中郎將，當時吳中皆以周郎稱之。
千堆雪—比喻浪花。
一時—指赤壁之戰的時候。
公瑾—周瑜別字。
小喬—周瑜之妻。
雄姿英發—雄姿，形容周瑜氣宇軒昂。英發，意氣風發之意。

故國神遊，多情應笑我，早生華髮。
人生如夢，一尊還酹江月。

羽扇綸巾，談笑間—綸巾，古代配有青絲帶的頭巾。談笑間，表示輕而易舉，不費氣力，足智多謀。

檣櫓—這裡代指曹操的水軍戰船。檣，掛帆的桅杆。櫓，一種搖船的槳。

故國神遊—即神遊故國，興致勃勃地暢遊三國赤壁之戰的故地。

多情應笑我，早生華髮—即應笑我因多情而早生華髮。華髮，花白的頭髮。

酹—用酒祭地。

定風波

蘇軾

◎三月七日沙湖道中遇雨。雨具先去，同行皆狼狽，余獨不覺。已而遂晴，故作此

莫聽穿林打葉聲，何妨吟嘯且徐行。
竹杖芒鞋輕勝馬，誰怕？
一簑煙雨任平生。
料峭春風吹酒醒，微冷，山頭斜照卻相迎。回首向來蕭瑟處，歸去，
也無風雨也無晴。

沙湖—在今湖北黃岡東南。
狼狽—進退皆難的困頓窘迫之狀。
已而—過了一會兒。
吟嘯—呼嘯歌唱。
芒鞋—草鞋。
簑—用草或棕櫚葉做成的雨衣。同「蓑」。
料峭—春天微寒。
斜照—偏西的陽光。
向來—方才。
蕭瑟—指風雨吹打樹林的聲音。
也無風雨也無晴—意謂既不怕雨，也不喜晴。

虞美人 ◎有美堂贈述古

蘇軾

湖山信是東南美，一望彌千里。
使君能得幾回來？
便使樽前醉倒更徘徊。
沙河塘裡燈初上，水調誰家唱？
夜闌風靜欲歸時，
惟有一江明月碧琉璃。

有美堂—嘉佑二年（西元一〇五七），梅摯出知杭州，仁宗皇帝親自賦詩送行，中有「地有吳山美，東南第一州」之句。梅到杭州後，就在吳山頂上建有美堂以見榮寵。歐陽修曾為他作〈有美堂記〉。

述古—即陳襄，北宋理學家，仁宗、神宗時期名臣。字述古。

信—確實。

彌—遍、滿。

使君—對州郡長官稱呼。此指杭州太守陳襄。

沙河塘—位於杭州東南，當時是熱鬧之地。

水調—調名。

琉璃—蜀人稱水清明者似琉璃。

江城子 ◎密州出獵

蘇軾

老夫聊發少年狂，
左牽黃，右擎蒼。
錦帽貂裘，千騎卷平岡。
為報傾城隨太守，
親射虎，看孫郎。
酒酣胸膽尚開張，
鬢微霜，又何妨。

密州—今山東諸城。熙寧八年（西元一〇七五），蘇軾知密州，這首詞作於是年冬。

「左牽黃」二句—左手牽著黃狗，右手舉著蒼鷹。《梁書・張充傳》：張充年少出獵，「左手臂鷹，右手牽狗。」

千騎—指太守的隨從，非實數。

卷平岡—從山野席捲而過。

傾城—指全城士民，蘇軾要他們隨同去觀獵。

「親射虎」二句—看我親自射虎。孫郎，孫權，曾射虎於凌亭（今江蘇丹陽東）；借以自指。

持節雲中，何日遣馮唐？
會挽雕弓如滿月，
西北望，射天狼。

「持節」二句—《漢書·馮唐傳》：漢文帝時，雲中太守魏尚抗擊匈奴有功，但因報功不實，被削職問罪。馮唐力諫不當如此，文帝從之，令馮唐持節赦魏尚，復以為雲中守。節，符節。雲中，漢郡名，今山西大同一帶。蘇軾借此表示希望朝廷能委自己以邊任，去邊陲立功。

會—當。

雕弓—弓背上有雕花的弓。

天狼—星名。古人用以代表侵掠貪殘。這裡喻西夏侵擾者。

永遇樂

◎彭城夜宿燕子樓，夢盼盼，因作此詞

蘇軾

明月如霜，好風如水，清景無限。
曲港跳魚，圓荷瀉露，寂寞無人見。
紞如三鼓，鏗然一葉，
黯黯夢雲驚斷。
夜茫茫，重尋無處，覺來小園行遍。
天涯倦客，山中歸路，
望斷故園心眼。

「彭城夜宿燕子樓」三句—白居易〈燕子樓詩序〉：「徐州故尚書（張建封）有愛妓曰盼盼，善歌舞，雅多風態。尚書既沒，彭城有舊第，第中有小樓名燕子。盼盼念舊愛而不嫁，居是樓十餘年。」這首詞是宋神宗元豐元年（西元一〇七八）蘇軾知徐州時作。彭城，今江蘇徐州市。

明月如霜—李白〈靜夜思〉詩：「床前明月光，疑是地上霜。」

好風如水—好風清涼如水。

紞如三鼓—三更鼓響了。紞，打鼓聲。如，助詞。

鏗然一葉—這時夜深人靜，所以一片落葉的聲音都聽得出是那麼清脆。鏗然，形容聲音之美，如金石、琴瑟。

黯黯夢雲驚斷—夢中驚醒，覺得

燕子樓空，佳人何在？

空鎖樓中燕。

古今如夢，何曾夢覺，

但有舊歡新怨。

異時對，黃樓夜景，為余浩嘆。

黯然心傷。

覺來—醒來。

「天涯倦客」三句—是說自已倦於作客遠方，很想尋找歸路到山中去過田園生活，可是故鄉渺遠，徒然存此心願罷了。

「何曾夢覺」二句—是說人生的夢沒有醒，因為還有歡怨之情未斷。

異時對，黃樓夜景—作者設想後世的人憑弔自己時，也會發出感嘆。黃樓，彭城東門上的高樓，蘇軾在徐州時所建造。

木蘭花

◎次歐公西湖韻

蘇軾

霜餘已失長淮闊，空聽潺潺清穎咽。
佳人猶唱醉翁詞，四十三年如電抹。
草頭秋露流珠滑，三五盈盈還二八。
與余同是識翁人，惟有西湖波底月。

長淮—即淮河。霜降之後河水減退，河身顯得狹長了。

穎—穎水，淮河支流，穎州州城在其下游。

醉翁—歐陽修的別號。

四十三年—謂自北宋皇佑元年（一〇四九）至元佑六年（一〇九一）。

「草頭」句—喻世事難持久。

盈盈—指儀態美好。《古詩十九首》：「盈盈樓上女，皎皎當窗牖」。也指湖水清澈。《古詩十九首》：「盈盈一水間，脈脈不得語」。

三五、二八—指十五、十六夜的月亮。

翁—此指歐陽修。

西湖—此指安徽阜陽的西湖。

鷓鴣天 ◎時謫黃州

蘇軾

林斷山明竹隱牆，亂蟬衰草小池塘。翻空白鳥時時見，照水紅蕖細細香。

村舍外，古城旁，杖藜徐步轉斜陽。殷勤昨夜三更雨，又得浮生一日涼。

林斷山明——樹林斷絕處，山峰顯現出來。

翻空——飛翔在空中。

紅蕖——荷花。

古城——當指黃州古城。

杖藜——拄著藜杖。杜甫〈漫興九首〉其五：「杖藜徐步立芳洲。」

殷勤——勞駕，有勞。

浮生——意為世事不定，人生短促。

滿庭芳

蘇軾

◎元豐七年四月一日，余將去黃移汝，留別雪堂鄰里二三君子，會李仲覽自江東來別，遂書以遺之

歸去來兮，吾歸何處？
萬里家在岷峨。
百年強半，來日苦無多。
坐見黃州再閏，兒童盡、楚語吳歌。
山中友，雞豚社酒，相勸老東坡。
云何，當此去，

雪堂—蘇軾在黃州的寓所名，位於江邊。

會—恰好。

李仲覽—李翔，興國（今湖北陽新）人，受楊繪（時知興國軍）所託至黃州，邀請蘇軾赴汝途中往遊其地。

遺—贈與。

岷峨—四川有岷山、峨眉山，蘇軾家在四川眉山，故以岷峨代指家鄉。

百年強半—韓愈「年皆過半百，來日苦無多。」此用其句，意為人生已過大半。

黃州再閏—蘇軾謫居黃州五年，陰曆三年一閏，故稱「再閏」。

楚語吳歌—黃州在春秋戰國時屬楚地，三國時期屬吳地，故稱。

人生底事，來往如梭。
待閒看秋風，洛水清波。
好在堂前細柳，應念我，莫剪柔柯。
仍傳語，江南父老，時與曬漁蓑。

雞豚社酒—豚，豬。社酒，祭祀神祇時所用的酒。

洛水清波—洛水流經洛陽，與汝州近，故云。

莫剪柔柯—不要砍伐柔嫩的枝條，此處謂要珍惜彼此的友情。

滿庭芳

蘇軾

蝸角虛名，蠅頭微利，算來著甚干忙。事皆前定，誰弱又誰強。且趁閒身未老，須放我、些子疏狂。百年裡，渾教是醉，三萬六千場。

思量、能幾許？憂愁風雨，一半相妨。

蝸角—蝸牛的觸角，比喻極其微小的境地。

算—料想，推測。

著甚干忙—白忙什麼。著，如著急、著慌的「著」。甚，什麼。干忙，白忙。

「事皆前定」二句—指名利得失之事自有因緣，不須強求和介意。

閒身—古代指沒有官職在身。

放—讓，放任。

些子—少許，一點兒。

疏狂—豪放，不受拘束。

「百年裡」三句—語本李白《襄陽歌》：「百年三萬六千日，一日須傾三百杯。」渾，整個兒。教，

又何須抵死，說短論長。
幸對清風皓月，苔茵展、雲幕高張。
江南好，千鍾美酒，一曲《滿庭芳》。

使、讓。

思量—盤算。

「憂愁」二句—意謂一生中，心情和天氣不好者各分占一半。

抵死—拚命。

苔茵—如褥的草地。茵，墊褥。

雲幕—如幕之雲。

滿江紅 ◎寄鄂州朱使君壽昌

蘇軾

江漢西來，高樓下、蒲萄深碧。
猶自帶、岷峨雪浪，錦江春色。
君是南山遺愛守，
我為劍外思歸客。
對此間、風物豈無情，殷勤說。
《江表傳》，君休讀；
狂處士，真堪惜。

西來—此詩為作者寄鄂州朱使君壽昌。對鄂州來說，長江從西南來，漢水從西北來，統稱西來。
高樓—指武昌之西的黃鶴樓。
蒲萄深碧—形容水色。
「猶自帶」三句—岷山、峨嵋山上的雪水，在夏天流入長江。
錦江—在四川，是岷江支流。
南山—即陝西終南山。
遺愛—地方官去任時，稱頌他有好的政績，美之曰「遺愛」。
守—朱壽昌曾任陝州（終南山區）通判。通判亦稱通守。
劍外—即劍南（劍門山以南），四川的別稱。作者是蜀人，故自

空洲對鸚鵡，葦花蕭瑟。
獨笑書生爭底事，
曹公黃祖俱飄忽。
願使君、還賦謫仙詩，追《黃鶴》。

稱劍外思歸客。

江表傳—書名，已不存。是漢末群雄割據和三國時吳國的人物事蹟。

狂處士—指禰衡，漢末平原人。少時有才學而又恃才傲物。

處士—指有才德而不出仕的人。

鸚鵡洲—禰衡寫過一篇〈鸚鵡賦〉。衡死後，葬在漢陽西南的沙洲上，後人因稱此洲為鸚鵡洲。

「曹公」句—這句說忌才的曹操、黃祖都飄然逝去。

使君—指朱壽昌。

謫仙—指李白。

追黃鶴—李白〈贈韋使君〉詩說：「我且為君槌碎黃鶴樓，君亦為吾倒卻鸚鵡洲。」追，勝過，趕上。全句說要朱壽昌寫詩超過李白的這首黃鶴詩。

沁園春 ◎赴密州，早行，馬上寄子由

蘇軾

孤館燈青，野店雞號、旅枕夢殘。
漸月華收練，晨霜耿耿；
雲山摛錦，朝露漙漙。
世路無窮，勞生有限，
似此區區長鮮歡。
微吟罷，憑征鞍無語，往事千端。
當時共客長安，似二陸初來俱少年。

孤館－寓居客舍住的人很少。
燈青－點著燈起床，燈發著青光。
野店雞號－說明走得早。
旅枕－喻旅店的睡眠。
月華收練－月光像白色的絹，漸漸收起來了。
耿耿－明亮的樣子。
摛錦－似錦緞展開。形容雲霧繚繞的山巒色彩不一。
漙漙－露盛多的樣子。
勞生－辛苦、勞碌的人生。
區區－渺小，這裡形容自己的處境不順利。
鮮－少。
微吟－小聲吟哦。

有筆頭千字，胸中萬卷；
致君堯舜，此事何難。
用舍由時，行藏在我，
袖手何妨閒處看。
身長健，但優游卒歲，且鬥尊前。

憑征鞍—站在馬旁邊。
千端—千頭萬緒。
共客長安—兄弟二人嘉祐間客居汴京應試。長安，代指汴京。
二陸—指西晉文學家陸機、陸雲兄弟。此以「二陸」比自己及弟轍。
筆頭千字—即下筆千言之意。
胸中萬卷—形容學識淵博。
致君—輔佐國君使成聖明之主。
「用舍」二句—《論語・述而》：「用之則行，舍之則藏。」意為任用與否在朝廷，抱負施展與否在自己。行藏，意為被任用就出仕，不被任用就退隱。
袖手—不過問。
優游卒歲—悠閒地度過一生。
且鬥尊前—猶且樂尊前。

卜算子　◎黃州定慧院寓居作

蘇軾

缺月掛疏桐，漏斷人初靜。誰見幽人獨往來？縹緲孤鴻影。

驚起卻回頭，有恨無人省。揀盡寒枝不肯棲，寂寞沙洲冷。

定慧院—一名「定惠院」，在湖北黃岡縣東南。

漏斷—漏壺水滴盡了，指時已深夜。漏，古代盛水滴漏計時之器。

幽人—幽居之從，蘇軾自謂。

縹緲—即隱約的樣子。

省—明白。

西江月

蘇軾

世事一場大夢，人生幾度秋涼？
夜來風葉已鳴廊，看取眉頭鬢上。
酒賤常愁客少，月明多被雲妨。
中秋誰與共孤光，把盞淒然北望。

「世事」句—《莊子・齊物論》：「且有大覺，而後知其大夢也。」李白〈春日醉起言志〉：「處世若大夢，胡為勞其生。」

「風葉」句—《淮南子・說山訓》：「見一葉落而知歲之將暮。」徐寅〈人生幾何賦〉：「落葉辭柯，人生幾何。」此由風葉鳴廊聯想到人生之短暫。

鳴廊—在回廊上發出聲響。

眉頭鬢上—指眉頭的愁思和鬢邊的白髮。

賤—質量低劣。

妨—遮蔽。

孤光—指獨在中天的月亮。

西江月

蘇軾

◎頃在黃州，春夜行蘄水中，過酒家飲酒。醉，乘月至一溪橋上，解鞍曲肱，醉臥少休。及覺已曉，亂山攢擁，流水鏘然，疑非塵世也。書此語橋柱上

照野瀰瀰淺浪，橫空隱隱層霄。
障泥未解玉驄驕，我欲醉眠芳草。
可惜一溪風月，莫教踏碎瓊瑤。
解鞍欹枕綠楊橋，杜宇一聲春曉。

蘄水—水名，流經湖北蘄春縣境，在黃州附近。

瀰瀰—水波翻動的樣子。

層霄—瀰漫的雲氣。

障泥—馬韉，垂於馬身兩側以擋泥土。

玉驄—良馬。

驕—壯健的樣子。

可惜—可愛。

瓊瑤—美玉。這裡形容月亮在水中的倒影。

南鄉子 ◎送述古

蘇軾

回首亂山橫，不見居人只見城。
誰似臨平山上塔，
亭亭，迎客西來送客行。

歸路晚風清，一枕初寒夢不成。
今夜殘燈斜照處，
熒熒，秋雨晴時淚不晴。

述古—陳襄字，蘇軾好友。熙寧七年（一〇七四），陳襄杭州任滿，移任南都（今河南商丘南）。蘇軾作此詞送別。

「不見」句—取自唐代歐陽詹〈初發太原途中寄太原所思〉中的「驅馬覺漸遠，回頭長路塵。高城已不見，況復城中人」。此謂見城不見人（指述古），稍作變化。

臨平山—在杭州東北。臨平塔時為送別的標誌。

亭亭—直立的樣子。

歸路—回家的路上。

熒熒—既指「殘燈斜照」，又指淚光。這裡指殘燈照射淚珠的閃光。

望江南

◎超然臺作

蘇軾

春未老，風細柳斜斜。

試上超然臺上看，半壕春水一城花。

煙雨暗千家。

寒食後，酒醒卻咨嗟。

休對故人思故國，且將新火試新茶。

詩酒趁年華。

超然臺—築在密州（今山東諸城）北城上，登臺可眺望全城。

壕—護城河。

寒食—節令。舊時清明前一天（一說二天）為寒食節。

咨嗟—嘆息、慨嘆。

故國—這裡指故鄉、故園。

新火—唐宋習俗，清明前二天起，禁火三日。節後另取榆柳之火稱「新火」。

新茶—指清明節前採摘的茶，即明前茶。不同於雨前茶，清明與穀雨之間採摘的茶，稱作雨前茶，比明前茶稍晚，算不上新茶了。

八聲甘州 ◎寄參寥子

蘇軾

有情風萬里卷潮來，無情送潮歸。
問錢塘江上，西興浦口，幾度斜暉？
不用思量今古，俯仰昔人非。
誰似東坡老，白首忘機。
記取西湖西畔，
正春山好處，空翠煙霏。
算詩人相得，如我與君稀。

參寥子—即僧人道潛，字參寥，浙江於潛人。精通佛典，工詩，蘇軾與之交厚。這闋詞是作者離開杭州前寫贈給參寥的。

錢塘江—浙江境內最大河流，注入杭州灣，江口呈喇叭狀，以潮水壯觀著名。

西興—即西陵，在錢塘江南，今杭州市對岸，蕭山縣治之西。

幾度斜暉—意謂度過多少個伴隨著斜陽西下的夜晚。

「俯仰」句—語出王羲之《蘭亭集序》：「俯仰之間，已為陳跡。」

忘機—忘卻世俗的機詐之心。據《列子．黃帝》：傳說海上有一個人喜歡鷗鳥，每天坐船到海上，鷗鳥便下來與他一起遊玩。一天

約他年、東還海道，
願謝公雅志莫相違。
西州路，不應回首，為我沾衣。

他父親對他說：「吾聞鷗鳥皆從汝遊，汝取來吾玩之。」於是他就有了捉鳥的「機心」（算計之心），從此鷗鳥再也不下來了。這裡說蘇軾清除機心，即心中淡泊，任其自然。

相得—相交，相知。

謝公雅志—《晉書・謝安傳》載：謝安雖為大臣，「然東山之志始末不渝」，「造諷海之裝，欲經略初定，自江道還東。雅志未就，遂遇疾篤。」雅志，很早立下的志願。

「西州路」三句—《晉書・謝安傳》載：安在世時，對外甥羊曇很好。安死後，其外甥羊曇「輟樂彌年，行不由西州路」。某次醉酒，過西州門，回憶往事，悲感不已，慟哭而去。

減字木蘭花

黃裳

紅旗高舉，飛出深深楊柳渚。
鼓擊春雷，直破煙波遠征回。
歡聲震地，驚退萬人爭戰氣。
金碧樓西，銜得錦標第一歸。

紅旗—發令的指揮旗。
飛出—形容群舟競發飛駛而出。
深深—茂密的柳楊樹林深處。
楊柳渚—長滿楊柳的小洲。
鼓擊春雷—擊鼓聲如春雷一般響徹天地。
直破—寫出了船隻凌厲前進的氣勢。
煙波—船槳劃起的水波。
金碧樓西—指領獎臺。
錦標—高竿上懸掛的給予競渡優勝者的賞物。

念奴嬌

黃庭堅

◎八月十七日，同諸甥步自永安城樓，過張寬夫園待月。偶有名酒，因以金荷酌眾客，客有孫彥立，善吹笛。援筆作樂府長短句，文不加點

斷虹霽雨，淨秋空，山染修眉新綠。
桂影扶疏，誰便道，今夕清輝不足？
萬里青天，姮娥何處，駕此一輪玉。
寒光零亂，為誰偏照醽醁？
年少從我追遊，

永安城—即白帝城。

金荷—金質荷花杯。

文不加點—形容寫得很快。

斷虹霽雨—雨後的天空中，出現半隱半現的虹霓。

「山染」句—山峰染成青黛色，如同美人的長眉。

桂影扶疏—形容月中的桂影繁茂。

醽醁—用醽湖及淥水之水取以釀酒，稱醽淥酒，或醽醁酒。代稱美酒。

晚涼幽徑，繞張園森木。
共倒金荷，家萬里，難得尊前相屬。
老子平生，江南江北，最愛臨風曲。
孫郎微笑，坐來聲噴霜竹。

「共倒金荷」三句—意指離家萬里，能在此把酒同歡，極為難得。

屬—勸酒。

臨風曲—臨風飛揚的剛健之曲。

孫郎—此指孫彥立。

「坐來」句—頓時吹出美妙的笛曲。坐來，當時俗語，意為頓時、立刻。噴，噴發。霜竹，指笛子。

水調歌頭 ◎遊覽

黃庭堅

瑤草一何碧，春入武陵溪。
溪上桃花無數，枝上有黃鸝。
我欲穿花尋路，
直入白雲深處，浩氣展虹霓。
只恐花深裡，紅露濕人衣。

坐玉石，攲玉枕，拂金徽。
謫仙何處，無人伴我白螺杯。

一何—何其。

武陵溪—典出陶淵明《桃花源記》，此指美好的世外桃源。

金徽—琴徽，用來定琴音高下之節。

謫仙—指唐朝詩人李白。

白螺杯—用白色螺殼做成的酒杯。

我為靈芝仙草，
不為朱唇丹臉，長嘯亦何為？
醉舞下山去，明月逐人歸。

靈芝仙草——食後可永不衰老的草藥。
朱唇丹臉——指熱衷名利的凡夫俗子。

鷓鴣天

◎座中有眉山隱客史應之和前韻，即席答之

黃庭堅

黃菊枝頭生曉寒，人生莫放酒杯乾。
風前橫笛斜吹雨，醉裡簪花倒著冠。
身健在，且加餐。舞裙歌板盡清歡。
黃花白髮相牽挽，付與時人冷眼看。

史應之—名濤，眉山人，是戎州、瀘州一帶的隱士。

倒著冠—《世説新語・任誕》：「山季倫為荊州，時出酣暢。」人為之歌曰：「山公時一醉，徑造高陽池。日暮倒載歸，酩酊無所知。復能乘駿馬，倒著白接䍦。舉手問葛強，何如并州兒。」接䍦，古時的一種頭巾。

「黃花白髮」二句—頭上黃花映襯著斑斑白髮，兀傲的作者就要以這副疏狂模樣展示在世人面前，任他們冷眼相看。

定風波 ◎次高左藏使君韻

黃庭堅

萬里黔中一漏天，屋居終日似乘船。

及至重陽天也霽，催醉，鬼門關外蜀江前。

莫笑老翁猶氣岸，君看，幾人黃菊上華顛？

戲馬臺南追兩謝，馳射，風流猶拍古人肩。

左藏—即左藏庫使，官名。

一漏天—形容雨多不止。蜀中多雨，故有漏天之說。

似乘船—借言雨多水漲。

霽—雨後轉晴。

鬼門關—今四川奉節縣東，兩山相夾如蜀門戶。

老翁—作者自稱。

氣岸—氣度傲岸。

華顛—白頭。

戲馬臺—亦稱掠馬臺。

兩謝—指東晉詩人謝瞻、謝靈運，二人曾在戲馬臺前賦詩為樂。

好事近◎夢中作

秦觀

春路雨添花，花動一山春色。行到小溪深處，有黃鸝千百。

飛雲當面化龍蛇，夭矯轉空碧。醉臥古藤陰下，了不知南北。

「**春路**」二句—春路下了一場春雨，春花盛開，整個山間出現一片明媚的春光，使人目迷五色，如入仙境。

有黃鸝千百—小溪深處，應是一個靜謐的所在，詞人的突然來到，打破了一片岑寂，無數黃鸝立刻喧騰起來。

龍蛇—似龍若蛇，形容快速移動的雲彩。

夭矯—伸展自如的樣子。

空碧—碧空。

了不知—全然不知。

行路難　即〈小梅花〉

賀鑄

縛虎手，懸河口，車如雞棲馬如狗。
白綸巾，撲黃塵，
不知我輩可是蓬蒿人？
衰蘭送客咸陽道，天若有情天亦老。
作雷顛，不論錢，
誰問旗亭美酒斗十千？
酌大斗，更為壽，青鬢常青古無有。

縛虎手—徒手打虎，形容勇力過人。
懸河口—言詞如河水傾瀉，滔滔不絕。
白綸巾—白衣、布衣之類，為未出仕人裝束。
蓬蒿人—草野之人。
衰蘭—衰枯的蘭花。
「作雷顛」二句—要像雷顛一樣，做了俠義之事，不收酬金。雷顛指雷義。
旗亭—酒樓的別稱。

笑嫣然，舞翩然，

當壚秦女十五語如弦。

遺音能記秋風曲，事去千年猶恨促。

攬流光，繫扶桑，

爭奈愁來一日卻為長。

「笑嫣然」二句—笑得那麼美妙，舞得那麼飄逸。

「當壚秦女」句—用辛延年〈羽林郎〉詩：「胡姬年十五，春日獨當壚」。韋莊〈菩薩蠻〉：「琵琶金翠羽，弦上黃鶯語。」這裡指胡姬的笑語像琵琶弦上的歌聲。

遺音—遺留下的歌曲。

秋風曲—指漢武帝的〈秋風辭〉，結尾有「歡樂極樂哀情多，少壯幾時兮奈老何」之句。感嘆歡樂不長，人生苦短。

「攬流光」二句—拴住太陽和月亮，使時光停止流轉。扶桑，神話中的神樹，古謂為日出處。繫扶桑，即要留住時光，與「攬流光」意同。

六州歌頭

賀鑄

少年俠氣，交結五都雄。肝膽洞，毛髮聳。立談中，死生同。一諾千金重。推翹勇，矜豪縱。輕蓋擁，聯飛鞚，斗城東。轟飲酒壚，春色浮寒甕，吸海垂虹。閒呼鷹嗾犬，白羽摘雕弓，狡穴俄空。樂匆匆。

五都—泛指各大都市。

肝膽洞—肝膽照人，待人真誠。

毛髮聳—表示有強烈的正義感。

一諾千金—是說諾言極為可靠。

翹勇—特別勇敢。

矜豪縱—狂放不羈。

「輕蓋擁」二句—形容車馬隨從很多。飛鞚，快馬。

斗城—漢長安故城，此借指北宋汴京。

轟飲酒壚—在酒店裡狂飲。

「春色」句—酒罈裡浮現出誘人的春色。

吸海垂虹—像長鯨大喝，像垂虹深飲。

呼鷹嗾犬—帶著鷹犬去打獵。

「白羽」句—彎弓射箭。白羽是箭名。

似黃粱夢，辭丹鳳。
明月共，漾孤篷。
官冗從，懷倥傯，落塵籠，簿書叢。
鶡弁如雲眾，供粗用，忽奇功。
笳鼓動，漁陽弄，思悲翁。
不請長纓，繫取天驕種，劍吼西風。
恨登山臨水，
手寄七弦桐，目送歸鴻。

「似黃粱夢」二句—是說離京以後，回憶過去的生活真像黃粱一夢。

冗從—散職侍從官。

倥傯—急近匆忙。

落塵籠—陷入塵俗事務之中。

簿書叢—擔任繁重的文書工作。

「**鶡弁**」三句—是說許多武職人員，只做些粗雜的事，沒有建功立業的機會。

「**笳鼓動**」二句—寫安祿山據漁陽起兵叛亂。這裡代指侵擾北宋的戰爭。笳鼓，古代兩種軍樂器。漁陽，郡名。

思悲翁—自傷衰老。

「**手寄**」二句—以彈琴寄託自己的感情，目送歸鴻遠去。七弦桐，即七弦琴。

天門謠

賀鑄

牛渚天門險，
限南北、七雄豪戰。
清霧斂，與閒人登覽。
待月上潮平波灩灩，
塞管輕吹新阿濫。
風滿檻，歷歷數、西州更點。

天門謠—詠牛渚天門，故擬名。

限—隔斷。

七雄豪戰—牛渚磯歷代為戰略要地。吳、東晉、宋、齊、梁、陳及南唐七代均建都於金陵。

塞管—即羌笛。

阿濫—曲名，即《阿濫堆》。

歷歷—清晰。

西州—西州城，在金陵西。

更點—晚上報時的更鼓聲。

臺城遊

賀鑄

南國本瀟灑，六代浸豪奢。臺城遊冶，襞箋能賦屬宮娃。雲觀登臨清夏，璧月留連長夜，吟醉送年華。

回首飛鴛瓦，卻羨井中蛙。訪烏衣，成白社，不容車。舊時王謝，堂前雙燕過誰家？

臺城—故址在今南京雞鳴山南，因東晉及南朝宮店、臺省在此，故名。

「南國」二句—南國，南方。瀟灑，清麗。唐劉禹錫〈台城〉詩：「臺城六代竟豪華，結綺臨春事最奢。」此化用其意。

襞箋—折疊箋紙。襞，衣皺。

「雲觀」三句—陳後主不問國事，日與宮人文士飲酒賦詩作樂，有「璧月夜夜滿，瓊樹朝朝新」之句。雲觀，指齊雲觀。

「回首」句—指宮殿毀於戰火。

「卻羨」句—語本杜牧〈台城曲〉：「誰憐容足地，卻羨井中蛙」。

「訪烏衣」三句—烏衣巷，在秦淮南。晉南渡後，王謝諸名族多居於此。白社代指貧者居處。不容車，形容路窄。

樓外河橫斗掛，
淮上潮平霜下，檣影落寒沙。
商女篷窗罅，猶唱後庭花。

河橫斗掛—銀河橫斜，指夜深。斗掛，北斗星掛在天際。
淮上—指秦淮河上。
檣影—船桅杆的影子。
寒沙—指河邊的沙石，因是秋天月夜，所以稱寒沙。
商女—歌女。
篷—船篷，代指船。
罅—縫隙。

摸魚兒 ◎東皋寓居

晁補之

買陂塘，旋栽楊柳，依稀淮岸江浦。
東皋嘉雨新痕漲，沙觜鷺來鷗聚。
堪愛處，最好是、一川夜月光流渚。
無人獨舞。任翠幄張天，
柔茵藉地，酒盡未能去。
青綾被，莫憶金閨故步。
儒冠曾把身誤。

「買陂塘」三句—買下一方池塘，在岸邊栽上楊柳，看上去好似淮岸江邊，風光極為秀美。陂塘，代指東皋。

沙觜—沙嘴，即突出在水中的沙洲。

翠幄—綠色的帳幕，指池岸邊的垂柳。

柔茵藉地—到處都是軟嫩的草地。

青綾被—漢制規定，尚書郎值夜班，官供新青縑（細絹）白綾或錦被。此用來代表做官時的物質享受。

金閨—金馬門的別稱。這裡泛指朝廷。

弓刀千騎成何事，荒了邵平瓜圃。
君試覷。滿青鏡、星星鬢影今如許。
功名浪語。便似得班超，
封侯萬里，歸計恐遲暮。

「儒冠」句—因讀書而誤了自己。語出杜詩「儒冠多誤身」。

弓刀千騎—指地方官手下配戴武器的衛隊。

邵平瓜圃—邵平是秦時人，曾被封為東陵侯，秦亡後在長安城東種瓜，味甜美，世稱東陵瓜。

星星—形容髮鬢花白。

浪語—虛語，空話。

班超—東漢名將，在西域三十多年，七十一歲才回到京都洛陽，不久即去世。

西河 ◎金陵懷古

周邦彥

佳麗地，南朝盛事誰記？
山圍故國繞清江，髻鬟對起。
怒濤寂寞打孤城，風檣遙度天際。
斷崖樹，猶倒倚，莫愁艇子曾繫。
空餘舊跡鬱蒼蒼，霧沉半壘。
夜深月過女牆來，傷心東望淮水。
酒旗戲鼓甚處市？

西河—唐教坊曲。

佳麗地—指江南，更指金陵。用南朝謝朓〈入城曲〉詩句「江南佳麗地，金陵帝王州」。

南朝盛事—南朝宋、齊、梁、陳四朝建都於金陵。

髻鬟對起—以女子髻鬟喻在長江邊相對而屹立的山。

風檣—指代順風揚帆的船隻。檣，船上張帆用的桅杆。

莫愁—相傳為金陵善歌之女。

女牆—城牆上的矮牆。

傷心—一作「賞心」，指賞心亭。

戲鼓—演戲的場所。

甚處—何處。

想依稀、王謝鄰里。
燕子不知何世，入尋常巷陌人家，
相對如說興亡，斜陽裡。

燕子不知何世——劉禹錫〈烏衣巷〉：「朱雀橋邊野草花，烏衣巷口夕陽斜。舊時王謝堂前燕，飛入尋常百姓家。」

【卷四】

南宋詞

水調歌頭

◎九月望日，與客習射西園，余偶病不能射

葉夢得

霜降碧天靜，秋事促西風。寒聲隱地，初聽中夜入梧桐。起瞰高城回望，寥落關河千里，一醉與君同。疊鼓鬧清曉，飛騎引雕弓。

歲將晚，客爭笑，問衰翁：

望日—陰曆的每月十五日。《樂府雅詞》此首題作：「九月望日，與客習射西園，余偶病不能射，客較勝相先。將領岳德，弓強二石五斗，連發三中的，觀者盡驚。因作此詞示坐客。前一夕大風，是日始寒。」此處轉錄《全宋詞》。

霜降—秋天的最後一個節氣，也意味著冬天的開始。

秋事—指秋收、製寒衣等事。

隱—形容聲音振動。

疊鼓—接連不斷地打鼓。早晨報時的鼓聲。

衰翁—作者自稱。

平生豪氣安在？走馬為誰雄？
何似當筵虎士，
揮手弦聲響處，雙雁落遙空。
老矣真堪愧，回首望雲中。

虎士－勇士。

「雙雁」句－形容箭術神乎其技。

「老矣」二句－自稱因年老力衰而不能為國效力，抒發悲涼、痛苦心情。回首，有北望中原意。

水調歌頭

葉夢得

秋色漸將晚，霜信報黃花。
小窗低戶深映，微路繞攲斜。
為問山翁何事，
坐看流年輕度，拚卻鬢雙華。
徙倚望滄海，天淨水明霞。
念平昔，空飄蕩，遍天涯。
歸來三徑重掃，松竹本吾家。

「秋色」二句—暮秋景物漸呈蒼老深暗之色，菊花開時也報來將要降霜的信息。黃花，指菊花。

小窗低戶—指簡陋的房屋。

微路—小路。

攲斜—傾斜，歪斜。

山翁—《晉書．山簡傳》載山簡好酒易醉。作者借以自稱。

何事—為什麼。

坐看—空看、徒歡。

流年—指流逝的歲月。

拚卻—甘願。

華—同「花」，指在閒居中白了鬢髮。

徙倚—徘徊，流連不去。

卻恨悲風時起，
冉冉雲間新雁，邊馬怨胡笳。
誰似東山老，談笑淨胡沙。

滄海—此指臨近湖州的太湖。
天涯—天邊，喻平生飄蕩之遠。
「歸來」二句—寫辭官歸隱家園。三徑，庭院間的小路。松竹，代指山林隱居處，有貞節自持之意。
「卻恨悲風」三句—這裡化用三國時魏國蔡琰〈悲憤詩〉：「胡笳動兮邊馬鳴，孤雁歸兮聲嚶嚶！」悲風，悲涼的秋風。冉冉，指大雁緩緩飛行的樣子。新雁，指最初南歸之雁。
「誰似」二句—化用李白〈永王東巡歌〉中的「但用東山謝安石，為君談笑淨胡沙。」胡沙，指代胡人發動的戰爭。

念奴嬌

◎中秋宴客，有懷壬午歲吳江長橋

葉夢得

洞庭波冷，望冰輪初轉，滄海沉沉。
萬頃孤光雲陣卷，長笛吹破層陰。
洶湧三江，銀濤無際，遙帶五湖深。
酒闌歌罷，至今鼉怒龍吟。

回首江海平生，
漂流容易散，佳會難尋。
縹緲高城風露爽，獨倚危檻重臨。

壬午歲—徽宗崇寧元年（西元一一〇二）。

長橋—指垂虹橋。

洞庭—湖名，在今湖南省，此處借指太湖。

冰輪—指月。

滄海—此指太湖。

層陰—指密布的濃雲。

三江—這裡泛指流入太湖的河流。

酒闌—酒筵將盡。

鼉怒龍吟—形容波濤洶湧。鼉，鼉龍，又名豬婆龍，即揚子鱷。

佳會—美好的時光。多指同親友重晤或故地重遊之期。

危檻—危欄。

醉倒清尊，姮娥應笑，猶有向來心。
廣寒宮殿，為予聊借瓊林。

清尊—亦作「清樽」、「清罇」。酒器。亦借指清酒。
姮娥—嫦娥。
向來心—往時的心情。
廣寒宮—傳說中的月中仙境。
瓊林—樹枝因披雪而晶瑩潔白，如玉樹一般，故稱為「瓊林」。

點絳唇 ◎紹興乙卯登絕頂小亭

葉夢得

縹緲危亭，笑談獨在千峰上。
與誰同賞，萬里橫煙浪。
老去情懷，猶作天涯想。
空惆悵。少年豪放，莫學衰翁樣。

紹興乙卯—宋高宗紹興五年（西元一一三五）。

絕頂小亭—即絕頂亭，在吳興西北卞山峰頂。

縹緲—隱隱約約，若有若無。

煙浪—煙如浪，即雲海。

老去情懷—意思是說自己雖然年老。

天涯想—指恢復中原萬里河山的想望。

惆悵—失望、失意。

衰翁—衰老之人。

鷓鴣天 ◎西都作

朱敦儒

我是清都山水郎，天教分付與疏狂。
曾批給雨支風券，累上留雲借月章。
詩萬首，酒千觴。幾曾著眼看侯王。
玉樓金闕慵歸去，且插梅花醉洛陽。

西都－指洛陽，宋朝時稱洛陽為西京。

清都山水郎－傳說中天帝的居處。《列子．周穆王》：「王實明為清都紫微，鈞天廣樂，帝之所居。」山水郎，為天帝管理山水的侍從。

疏狂－不受禮法約束。

「曾批」二句－券，天帝給予的憑證。章，寫給帝王的奏章。這是說，自己能支使風雲雨露，是天帝批准的，也是屢次上書帝王才得到的。

「幾曾」句－傲視權貴，不願在朝為官。

玉樓金闕－指汴京的宮殿。

好事近 ◎漁父詞

朱敦儒

搖首出紅塵，醒醉更無時節。
活計綠簑青笠，慣披霜沖雪。

晚來風定釣絲閒，上下是新月。
千里水天一色，看孤鴻明滅。

紅塵——指繁華的社會，泛指人世間。
活計——這裡泛指各種體力勞動。
釣絲閒——釣魚的絲線靜止不動。
鴻——鴻雁，大雁。
明滅——忽隱忽現。

相見歡

朱敦儒

金陵城上西樓，倚清秋。萬里夕陽垂地，大江流。

中原亂，簪纓散，幾時收？試倩悲風吹淚，過揚州。

金陵－今江蘇南京。

城上西樓－西門上的城樓。

倚清秋－倚樓觀看清秋時節的景色。

中原亂－指靖康之難後金人占領之中原地區。

簪纓－貴族官僚的帽飾。這裡代指清貴權要之人。

收－收復國土。

倩－請，央求。

揚州－地名，今屬江蘇，是當時南宋的前方，屢遭金兵破壞。

水龍吟

朱敦儒

放船千里凌波去，略為吳山留顧。
雲屯水府，濤隨神女，九江東注。
北客翩然，壯心偏感，年華將暮。
念伊嵩舊隱，巢由故友，
南柯夢，遽如許！
回首妖氛未掃，問人間、英雄何處！
奇謀報國，可憐無用，塵昏白羽。

凌波去—乘風破浪而去。
略為—稍微，形容時間短暫。
吳山—泛指江南之山。
留顧—停留瞻望。
水府—星宮名。謂天將下雨。
神女—指傳說中朝為行雲、暮為行雨的巫山神女。
九江—諸水匯流而成的大江。
北客—北方南來之人，作者自稱，因其家在洛陽，故曰北客。
翩然—指舟行迅疾如飛。
伊嵩—伊闕與嵩山，均在河南境內。伊闕，今龍門石窟所在地，伊水西流，香山與龍門山兩岸對峙，宛如門闕，故名伊闕。

鐵鎖橫江，錦帆衝浪，孫郎良苦！
但愁敲桂棹，悲吟《梁父》，
淚流如雨。

巢由—巢父、許由，堯時隱士。

遽—就。

如許—指金兵南侵氣焰。

妖氛—凶氣，指金兵。

白羽—白羽箭。「塵昏白羽」指戰局不利。

孫郎良苦—三國時吳主孫皓聞晉軍沿江來犯，遂以鐵索橫江拒敵，惜為晉人所破。此處暗喻宋為金所迫局面。

桂棹—船槳的美稱，此代指船。

梁父—即《梁父吟》，一作《梁甫吟》，樂府《楚調曲》名。今存古辭，傳為諸葛亮所作。

臨江仙

朱敦儒

堪笑一場顛倒夢，原來恰似浮雲。
塵勞何事最相親。
今朝忙到夜，過臘又逢春。
流水滔滔無住處，飛光忽忽西沉。
世間誰是百年人。
個中須著眼，認取自家身。

「堪笑」二句—作者一生寄情山水，從隱居、出仕、罷官、歸隱，人生曲折的歷程，使他看透了人間的憂患。

過臘又逢春—臘月之後，春天又來臨了。表現出韶光的流逝。

流水、飛光—借以影射時間的流逝與人世變遷的迅速。

滔滔、忽忽—以水流之勢及太陽西墜匆匆的景象，形容流年的短暫。

個中—此中。

認取自家身—世事浮雲，塵勞俗務，不須計較。所應注意的，僅於自己立身處世的態度而已。

臨江仙

朱敦儒

直自鳳凰城破後，擘釵破鏡分飛。
天涯海角信音稀。
夢迴遼海北，魂斷玉關西。
月解重圓星解聚，如何不見人歸？
今春還聽杜鵑啼。
年年看塞雁，一十四番回。

直自—自從。

鳳凰城—指汴京。「直自鳳凰城破後」寫北宋欽宗靖康二年（一一二七）汴京陷落。

擘釵—釵為古代婦女頭飾，常充當定情信物，又或在分離時各執一半，以為將來復合之憑證。

破鏡—據孟棨《本事詩》載，南朝陳將亡時，駙馬徐德言與樂昌公主破一銅鏡各執一半，為重聚之憑，後據此團圓。

遼海北—泛指東北海邊。

解—知道。

塞雁—秋天雁從塞上飛回，故稱塞雁。

一十四番回—指看見雁南歸已經十四次了。

喜遷鶯 ◎晉師勝淝上

李綱

長江千里。限南北、雪浪雲濤無際。
天險難逾，人謀克敵，
索虜豈能吞噬。
阿堅百萬南牧，倏忽長驅吾地。
破強敵，在謝公處畫，從容頤指。
奇偉。
淝水上，八千戈甲，結陣當蛇豕。

淝—淝水，在今安徽省壽縣境內。

「**限南北**」二句—千里長江，雪浪翻滾，風起雲湧，一望無際，但南北界限分明。限，界。

人謀克敵—指人的謀略宏偉遠大。

索虜—南北朝時，南朝罵北朝人的話。

吞噬—吞食。此指併吞。

阿堅—秦王苻堅。

南牧—侵犯南方的土地。

倏忽—極快。

頤指—形容指揮進退皆如人意。

八千戈甲—指晉軍前鋒都督謝玄

鞭弭周旋，旌旗麾動，
坐卻北軍風靡。
夜聞數聲鳴鶴，盡道王師將至。
延晉祚，庇烝民，周雅何曾專美！

等將領帶精兵八千，爭渡淝水，擊殺秦兵。

蛇豕—長蛇和大豬，此喻貪暴殘害者。

鞭弭—指駕車前進。弭為弓末梢，用來助駕車者解開轡結。

周旋—此處為交戰的意思。

王師—此指東晉的軍隊。

晉祚—東晉的皇位。

烝民—眾多的百姓。

周雅—指周宣王命大臣征西戎、伐玁狁，使周室中興。

「延晉祚」三句—意指周宣王使周室中興的美事，並不是專有的，東晉謝安等以弱勢戰勝強秦，使晉朝轉危為安，也是值得讚美的。

滿江紅

◎丁未九月南渡，泊舟儀真江口作

趙鼎

慘結秋陰，西風送、霏霏雨濕。
淒望眼、征鴻幾字，暮投沙磧。
試問鄉關何處是？
水雲浩蕩迷南北。
但一抹、寒青有無中，遙山色。
天涯路，江上客。
腸欲斷，頭應白。

「丁未」句—丁未，一一二七年（宋欽宗靖康二年），本年春，北宋亡。九月趙鼎自中原南渡，泊舟儀真江口。儀真，在江蘇長江北岸。

霏霏—形容雨絲細密。

幾字—幾列。

沙磧—沙石淺灘。

空搔首興嘆，暮年離拆。
須信道消憂除是酒，
奈酒行有盡情無極。
便挽取、長江入尊罍，澆胸臆。

離拆——分離拆散，此處指被迫南渡。
尊罍——古時盛酒器具，形狀似壺。
胸臆——此指心中愁悶。

漁家傲

李清照

天接雲濤連曉霧，星河欲轉千帆舞。
彷彿夢魂歸帝所。
聞天語，殷勤問我歸何處。

我報路長嗟日暮，學詩謾有驚人句。
九萬里風鵬正舉。
風休住，蓬舟吹取三山去。

雲濤—雲起如波濤洶湧。
星河欲轉—指夜已深。星河，銀河。
帝所—天帝的住所。
天語—天帝的話語。
報—回答。
日暮—指前途黯淡。
謾有—空有。
舉—鳥飛翔。
蓬舟—像蓬草一樣的輕舟。
三山—傳說中的蓬萊、方丈、瀛州三座仙山。

阮郎歸 ◎紹興乙卯大雪行鄱陽中道

向子諲

江南江北雪漫漫，遙知易水寒。
同雲深處望三關，斷腸山又山。
天可老，海能翻，消除此恨難。
頻聞遺使問平安，幾時鸞輅還？

鄱陽—地名，今江西鄱陽。

江南江北—長江南北，這裡泛指下雪的地方。

易水寒—指中原淪喪和帝王被俘不回的恥辱。易水，水名，源出河北易縣，此指淪陷區。

同雲—即彤雲，下雪前的陰雲。

三關—指淤口關、益津關、瓦橋關。均在今河北境易水一帶，後為金所占，是北伐必經之地。

遣使問平安—宋高宗不希望二帝還朝，但為掩人耳目，多次派洪皓、潘致堯、章誼等人探問徽、欽二帝，以逃避人民的指責。當詞人寫此詞時，徽宗已被囚死。

鸞輅—天子王侯所乘之車。這裡借代指徽、欽二帝和帝后。

減字木蘭花 ◎題雄州驛

朝雲橫渡，轆轆車聲如水去。
白草黃沙，月照孤村三兩家。
飛鴻過也，百結愁腸無晝夜。
漸近燕山，回首鄉關歸路難。

蔣興祖女

「轆轆」句—形容車聲像嘩嘩的流水一樣不斷地向前方流去。暗指沉重、愁苦的心情。

白草黃沙—白草雜生，黃沙瀰漫，形容北方的景象。

燕山—指燕京。時稱中都，曾一度為金兵所占。此指遙遠的邊地。

臨江仙　◎夜登小閣憶洛中舊遊

陳與義

憶昔午橋橋上飲，坐中多是豪英。長溝流月去無聲。杏花疏影裡，吹笛到天明。

二十餘年如一夢，此身雖在堪驚。閒登小閣看新晴。古今多少事，漁唱起三更。

洛中—指洛陽一帶。

舊遊—舊時交往的朋友。

午橋—在洛陽城南。據《新唐書‧裴度傳》載，裴度曾建別墅於午橋，號綠野堂，為與白居易、劉禹錫等人的宴飲吟唱之所。

坐中—在一起喝酒的人。

豪英—出色的人物。

「長溝」句—月光順著流水悄悄地消逝。月去無聲，表示月亮西沉，夜深了。

二十餘年—二十多年來的經歷，包括北宋亡國的大變亂。

新晴—指雨後初晴時的月色。

漁唱—即漁歌。

三更—古代漏記時，自黃昏至指曉分為五刻，即五更，三更正是午夜。

賀新郎 ◎寄李伯紀丞相

張元幹

曳杖危樓去。
斗垂天、滄波萬頃，月流煙渚。
掃盡浮雲風不定，未放扁舟夜渡。
宿雁落、寒蘆深處。
悵望關河空弔影，
正人間、鼻息鳴鼉鼓。
誰伴我，醉中舞？

李伯紀—即李綱。宋高宗初期一度起用為相，為抗金名臣。

「曳杖」句—拖著手杖慢慢地走上高樓。

斗垂天—北斗星座彷佛在夜空中低低地掛在那裡。

煙渚—煙霧迷漫的水邊小洲。

扁舟夜渡—這裡是說，大風吹散了浮雲，我不能坐小船夜渡來和你相會。

寒蘆—指深秋的蘆葦。

弔影—形影相弔，指孤單無靠。

鼻息鳴鼉鼓—鼻息有如鼉鼓般鳴響。鼓，用鼉皮蒙的鼓。

「十年一夢」句—回顧從揚州倉皇出逃以來的十年光景，彷佛是做了一場夢。

高寒—高樓寒氣襲人。

驕虜—驕橫的敵人。

十年一夢揚州路。
倚高寒、愁生故國，氣吞驕虜。
要斬樓蘭三尺劍，遺恨琵琶舊語。
謾暗澀、銅華塵土。
喚取謫仙平章看，
過苕溪、尚許垂綸否？
風浩蕩，欲飛舉。

要斬樓蘭—西漢傅介子出使西域，曾設計在宴席上刺殺攻擊漢使者的樓蘭王。這裡以樓蘭王比喻金人。

琵琶舊語—漢元帝時，宮女昭君出塞嫁於匈奴。相傳王昭君善於彈琵琶，後有樂曲《昭君怨》。作者借典諷刺南宋朝廷向金統治者屈辱投降。

「謾暗澀」二句—謾，徒然的意思。澀，不滑潤。銅華，即銅鏽。這句說，白白地使寶劍蒙上塵土，生了銅鏽。

平章—評論。

苕溪—水名，在浙江省，源出天目山，流經吳興入太湖。

垂綸—即垂釣，這裡指隱居。

風浩蕩，欲飛舉—意指希望李綱對抗金事業再作貢獻。

賀新郎

◎送胡邦衡待制赴新州

張元幹

夢繞神州路。
悵秋風、連營畫角，故宮離黍。
底事崑崙傾砥柱，九地黃流亂注。
聚萬落、千村狐兔。
天意從來高難問，
況人情、老易悲難訴！
更南浦，送君去。

胡邦衡—即胡銓，字邦衡，廬陵（今江西吉安）人，宋高宗時進士，為樞密院編修官，因反對與金議和，忤秦檜，一再被貶。待制，宋時官名。

神州—此處專指中原淪陷區。

故宮—指北宋汴京。

「底事」二句—喻指北宋王朝崩潰，金兵在中原劫掠。底事，為什麼。崑崙，崑崙山。相傳上有銅柱，其高入天，稱為天柱。古人認為黃河源出崑崙山。九地，遍地。黃流亂注，黃河泛濫成災，此喻金兵之禍。

狐兔—此指金兵。

「天意」二句—暗指帝心難測。

南浦—本意為南面水邊，後常用以稱送別之地。

涼生岸柳催殘暑。
耿斜河，疏星淡月，斷雲微度。
萬里江山知何處？
回首對床夜語。
雁不到、書成誰與？
目盡青天懷今古，
肯兒曹恩怨相爾汝？
舉大白，聽金縷。

耿—通「炯」，光明。

斜河—銀河。

「**萬里**」句—胡銓遠貶至廣東，故云。

「**雁不到**」二句—胡銓貶所在新州（今廣東新興），雁飛不到，借指別後音信難通。

誰與—寄給誰。

兒曹—兒輩。

恩怨相爾汝—語出韓愈〈聽穎師彈琴〉「妮妮兒女語，恩怨相爾汝」，謂兒女親昵之語也。

大白—酒杯。

金縷—即《金縷曲》。

石州慢 ◎己酉秋吳興舟中作

張元幹

雨急雲飛，驚散暮鴉，微弄涼月。誰家疏柳低迷，幾點流螢明滅。夜帆風駛，滿湖煙水蒼茫，菰蒲零亂秋聲咽。夢斷酒醒時，倚危檣清絕。

心折。長庚光怒，群盜縱橫，逆胡猖獗。

己酉—宋高宗建炎三年（一一二九年）。

低迷—模糊的樣子。

菰蒲—菰草和蒲草。

秋聲咽—西風聲音淒切。

危檣—船上高聳的桅杆。

清絕—淒清至極。

心折—傷心之極。

長庚—金星，亦稱「太白」，主兵禍。《史記・天官書》有「長庚，如一匹布著天。此星見，兵起」。《韓詩》云「太白晨出東方為啟明，昏見西方為長庚」。

欲挽天河，一洗中原膏血。

兩宮何處？

塞垣只隔長江，唾壺空擊悲歌缺。

萬里想龍沙，泣孤臣吳越。

群盜—宋高宗建炎二年十二月，濟南知府劉豫叛宋降金。三年，苗傅、劉正彥作亂，逼迫高宗傳位太子，兵敗被殺。

胡—古泛稱西北各族為胡。亦指來自彼方之物。南宋詞中多指金人。

挽天河—語出杜甫〈洗兵馬〉詩「安得壯士挽天河，洗淨革兵長不用」。

兩宮—指徽、欽二宗，被金兵擄去。

塞垣—邊境。南宋與金國，夾岸陳兵，只隔長江一水。

唾壺空擊—謂壯志難酬。

龍沙—泛指塞外，此指徽、欽二帝被囚之所。

孤臣—詞人自指。

吳越—江浙之地。

水調歌頭

張元幹

舉手釣鼇客，削跡種瓜侯。
重來吳會，三伏行見五湖秋。
耳畔風波搖蕩，
身外功名飄忽，何路射旄頭？
孤負男兒志，悵望故園愁。

夢中原，揮老淚，遍南州。
元龍湖海豪氣，百尺臥高樓。

釣鼇客—典出宋趙德麟《侯鯖錄》。釣鼇客出自神話傳說，後常用指豪放不羈、抱負遠大的人。

削跡—屏跡，表示隱居。

種瓜侯—故秦東陵侯邵平，秦破後為布衣。因家貧，種瓜於長安城東，時俗稱之為「東陵瓜」。

吳會—即吳縣。

三伏—夏至後第三庚為初伏，第四庚為中伏，立秋後初庚為後伏，合稱為三伏。五湖，此指太湖。

旄頭—星名，即昴宿，古代當作胡星。

孤負—辜負。

「元龍」二句—東漢人陳登，字

短髮霜黏兩鬢，
清夜盆傾一雨，喜聽瓦鳴溝。
猶有壯心在，付與百川流。

元龍。《三國志．陳登傳》說，許汜曾見元龍，元龍因他只作個人打算，便不與他交談，讓他睡在地上。劉備批評許汜自私，並說，要是我，就自己睡在百尺高樓，而讓你（許汜）睡在地上。

瓦鳴溝－即瓦溝鳴。急雨在屋頂的瓦溝上嘩嘩流淌。

百川流－壯心隨水東流，喻有志未伸。

好事近

胡銓

富貴本無心，何事故鄉輕別。
空惹猿驚鶴怨，誤薜蘿風月。
囊錐剛要出頭來，不道甚時節。
欲命巾車歸去，恐豺狼當轍。

富貴本無心─即本來無心富貴之意。

猿驚鶴怨─孔稚圭〈北山移文〉：「蕙帳空兮夜鶴怨，山人去兮曉猿驚」。指山中的夜鶴曉猿都哀怨驚恐隱者拋棄牠們出來做官。

薜蘿─薜，薜荔，常綠灌木，蔓生植物。蘿，女蘿，即松蘿。古代以薜蘿稱隱者所居。

囊錐─口袋中的一種尖銳的鑽孔用的工具。這裡比喻賢士才能突出。

巾車─有披蓋的車。

豺狼─比喻殘害主戰派的權奸秦檜。

當轍─當道。轍，車輪所輾的痕跡。

滿江紅

岳飛

怒髮衝冠，憑欄處、瀟瀟雨歇。
抬望眼、仰天長嘯，壯懷激烈。
三十功名塵與土，八千里路雲和月。
莫等閒、白了少年頭，空悲切。
靖康恥，猶未雪，
臣子恨，何時滅。
駕長車，踏破賀蘭山缺。

怒髮衝冠—氣得頭髮豎起，以至於將帽子頂起。形容憤怒至極。

瀟瀟—形容雨勢急驟。

長嘯—感情激動時撮口發出清而長的聲音。

三十功名塵與土—年已三十，建立了一些功名，不過很微不足道。塵與土，就像塵土一樣，一下子就消失了。

八千里路雲和月—形容南征北戰、路途遙遠、披星戴月。

等閒—輕易，隨便。

悲切—非常難過。

靖康恥—宋欽宗靖康二年（一一二七年），金兵攻陷汴京，擄走徽、欽

壯志饑餐胡虜肉，笑談渴飲匈奴血。
待從頭、收拾舊山河，朝天闕。

二帝，這是宋朝人的恥辱。

賀蘭山—山名。位於今寧夏省的中部。

缺—險隘關口。

胡虜—指金人。

匈奴—仍指金人。

舊山河—舊日的大好河山。

朝天闕—朝見皇帝。天闕，本指殿前的樓觀，此指皇帝生活的地方。

小重山

岳飛

昨夜寒蛩不住鳴。
驚回千里夢，已三更。
起來獨自繞階行。
人悄悄，簾外月朧明。
白首為功名。
舊山松竹老，阻歸程。
欲將心事付瑤琴。
知音少，弦斷有誰聽。

寒蛩—暮秋的蟋蟀。

三更—在古代記時法中，「三更」是晚上十一點到凌晨一點，所以又叫「半夜三更」。

階—房、亭等建築物前的石頭台階。

瑤琴—用美玉裝飾的琴。付瑤琴，託付給瑤琴，這是一種擬人的說法，實際上就是通過彈瑤琴來表達。

霜天曉角

◎題采石蛾眉亭

韓元吉

倚天絕壁，直下江千尺。

天際兩蛾凝黛，愁與恨，幾時極！

暮潮風正急，酒闌聞塞笛。

試問謫仙何處？青山外，遠煙碧。

采石－采石磯，在安徽當塗縣西北牛渚山下突出於江中處。蛾眉亭建立在絕壁上。

「天際」句－比喻極遠處長江兩岸對峙的東西梁山，猶如美人緊鎖的雙眉。

極－窮盡。

塞笛－指邊塞笛聲，為邊防軍中吹奏的笛聲。

謫仙－唐代詩人李白。

青山－在安徽當塗東南。李白死後，初葬采石磯，後改葬青山。

水調歌頭 ◎定王臺

袁去華

雄跨洞庭野，楚望古湘州。何王臺殿，危基百尺自西劉。尚想霓旌千騎，依約入雲歌吹，屈指幾經秋。嘆息繁華地，興廢兩悠悠。

登臨處，喬木老，大江流。書生報國無地，空白九分頭。

定王臺—在今湖南長沙東，相傳是漢景帝之子定王劉發為瞻望其母唐姬墓而建。

楚望—唐宋時按各地的位置規模、發展狀況，把全國畫分為若干等級。楚望是指湘州為楚地的望郡。

湘州—東晉永嘉時初置，唐初改潭州，詞中指長沙。

危基—高大的臺基。

西劉—指西漢劉發。

霓旌—旗幟如雲霓，形容儀仗之盛。

依約—連綿不斷。

「空白」句—意為徒然白首。

一夜寒生關塞，
萬里雲埋陵闕，耿耿恨難休。
徙倚霜風裡，落日伴人愁。

一夜寒生關塞—比喻金人猝然南侵，攻破關塞。
雲埋陵闕—皇宮與陵寢都埋沒在遠方的雲裡。暗指宋都汴京淪陷。陵闕，帝王陵墓、京都城闕，均為存亡的象徵。
耿耿—心中煩躁不安的樣子。
徙倚—走走停停。

柳梢青 ◎長橋

袁去華

天接滄浪。晴虹垂飲，千步修梁。萬頃玻璃，洞庭之外，純浸斜陽。
西風勸我持觴。況高棟、層軒自涼。飲罷不知，此身歸處，獨詠蒼茫。

長橋—即垂虹橋。相傳為東晉周處斬蛟處。
滄浪—青碧色波浪。
「晴虹」句—形容垂虹橋氣勢雄偉。
梁—長橋。
萬頃—形容面積廣大。
洞庭—太湖的別名。
層軒—重軒。指多層的帶有長廊的敞廳。

蝶戀花

陸游

桐葉晨飄蛩夜語。旅思秋光，黯黯長安路。忽記橫戈盤馬處，散關清渭應如故。

江海輕舟今已具。一卷兵書，嘆息無人付。早信此生終不遇，當年悔草長楊賦。

蛩—蟋蟀。

旅思—旅愁。

秋光—點明時節是秋天。

黯黯—暗淡。

長安—借指南宋首都臨安。

散關—大散關，在今陝西寶雞西南大散嶺上。

清渭—指渭河。

信—知，料。

長楊賦—漢揚雄作。漢成帝在長楊宮令人搏獸取樂，揚雄作賦諷諫。

鷓鴣天

◎送葉夢錫

陸游

家住東吳近帝鄉，平生豪舉少年場。
十千沽酒青樓上，百萬呼盧錦瑟傍。
身易老，恨難忘，尊前贏得是凄涼。
君歸為報京華舊，一事無成兩鬢霜。

葉夢錫—名衡，婺州金華人。累官至右丞相兼樞密使，是陸游的好友。

東吳—今浙江東部紹興一帶，為古吳國東部。

帝鄉—指當時南宋都城臨安。

「**平生**」句—一生最豪放的舉動是少年結伴歡遊。

「**十千**」句—三國曹魏曹植〈名都篇〉云：「歸來宴平樂，美酒斗十千。」青樓，妓院。

「**百萬**」句—有美人陪伴，一次賭博輸贏百萬也毫不在乎。呼盧，賭博。錦瑟，代指美女。

「**尊前**」句—借酒澆愁更覺凄涼。尊前，酒杯前，此指借酒澆愁。

京華舊—京城的老朋友。

秋波媚

◎七月十六晚登高興亭望長安南山

陸游

秋到邊城角聲哀，烽火照高臺。

悲歌擊筑，憑高酹酒，此興悠哉。

多情誰似南山月，特地暮雲開。

灞橋煙柳，曲江池館，應待人來。

高興亭——在南鄭（今屬陝西）內城西北，正對南山。

南山——即終南山。

角聲——行軍打仗用的鼓角之聲。

烽火——古代邊防措施，於高峰處建臺，鎮守士卒於敵炬，白晝舉煙，夜間置火，警視軍民作好防禦和迎敵準備。此指報前線平安無事的烽火。

筑——古代一種弦樂器，似箏，以竹尺擊之，聲音悲壯。

酹酒——把酒灑在地上的祭祀儀式。

灞橋——在陝西長安東，古人送行多在此折柳贈別。

曲江——在陝西長安東南，為唐代以來的遊覽勝地。

人——指宋軍，也包括作者。

訴衷情

陸游

當年萬里覓封侯，匹馬戍梁州。關河夢斷何處？塵暗舊貂裘。

胡未滅，鬢先秋，淚空流。此生誰料，心在天山，身老滄洲。

萬里覓封侯—奔赴萬里外的疆場，尋找建功立業的機會。

戍—守邊。

梁州—今陝西南鄭一帶。

關河—關塞、河防。此處泛指漢中前線險要的地方。

「塵暗」句—蘇秦游說秦王不成，到處奔走，所穿黑貂裘變得又暗又舊。此處用此典。

天山—用薛仁貴三箭定天山的典故，借指南宋的抗金前線。

身老滄洲—陸游晚年隱居故鄉紹興鏡湖邊的三山。滄洲，此指水邊，古時隱士住的地方。

謝池春

陸游

壯歲從戎，曾是氣吞殘虜。陣雲高、狼煙夜舉。朱顏青鬢，擁雕戈西戍。笑儒冠自多來誤。

功名夢斷，卻泛扁舟吳楚。漫悲歌、傷懷弔古。煙波無際，望秦關何處？嘆流年又成虛度。

陣雲—即戰雲、戰塵。

狼煙—古代邊境上燃起烽火，報告敵情。因用狼糞做燃料，煙火直上，故稱。

「笑儒冠」句—用杜甫〈奉贈左丞二十二韻〉：「紈絝不餓死，儒冠多誤身」詩句意。儒冠，代指儒生。

秦關—此處借指西北邊關。

漢宮春 ◎初自南鄭來成都作

陸游

羽箭雕弓，憶呼鷹古壘，截虎平川。吹笳暮歸，野帳雪壓青氈。淋漓醉墨，看龍蛇飛落蠻箋。人誤許，詩情將略，一時才氣超然。

何事又作南來，看重陽藥市，元夕燈山。花時萬人樂處，攲帽垂鞭。

南鄭—地名，即今陝西省漢中市，地處川陝要衝，自古為軍事重鎮。

呼鷹古壘—在古壘邊臂揮健鷹。

截虎—陸游在漢中時有過射虎的壯舉。

野帳、青氈—均指野外的帳幕。

淋漓醉墨—乘著酒興落筆，寫得淋漓盡致。

龍蛇—筆勢飛舞的樣子。

蠻箋—四川產的彩色箋紙。

許—推許、贊許。

詩情將略—指文武全才。

燈山—把花燈疊作山形。

攲帽垂鞭—形容閒散逍遙。攲帽，

聞歌感舊，尚時時流涕尊前。
君記取，封侯事在，功名不信由天。

帽子歪戴著。
取、在—皆為語助詞。
不信由天—不相信要由天意來決定。

金錯刀行

陸游

黃金錯刀白玉裝，夜穿窗扉出光芒。
丈夫五十功未立，提刀獨立顧八荒。
京華結交盡奇士，意氣相期共生死。
千年史策恥無名，一片丹心報天子。
爾來從軍天漢濱，南山曉雪玉嶙峋。
嗚呼！楚雖三戶能亡秦，豈有堂堂中國空無人！

黃金錯刀—用黃金裝飾的刀。
白玉—白色的玉。亦指白璧。
八荒—指四面八方邊遠地區。
奇士—德行或才智出眾的人。
意氣—豪情氣概。
相期—這裡指互相希望和勉勵。
爾來—近來。
天漢濱—漢水邊。這裡指漢中一帶。
南山—終南山，一名秦嶺。
嶙峋—山石參差重疊的樣子。
「楚雖三戶」句—戰國時，秦攻楚，占領楚國不少地方。楚人激憤，有楚南公云：「楚雖三戶，亡秦必楚。」意思說，楚國即使只剩下三戶人家，也一定能報仇滅秦。三戶，指屈、景、昭三家。

夜泊水村

陸游

腰間羽箭久凋零，太息燕然未勒銘。
老子猶堪絕大漠，諸君何至泣新亭。
一身報國有萬死，雙鬢向人無再青。
記取江湖泊船處，臥聞新雁落寒汀。

羽箭─箭尾插羽毛，稱羽箭。
太息─嘆氣。
勒銘─刻上銘文。此句作者藉喻自己未能建立戰功。
老子─陸游自稱，猶言老夫。
大漠─古瀚海，亦稱大磧。
絕大漠─橫度大沙漠。
新亭─又名勞勞亭，在今南京市南。東晉時中原淪陷，王室南渡，一些士大夫在新亭宴飲，席間眾人相對涕泣。王導不以為然，說：「當共戮力王室，克復神州，何至作楚囚相對耶？」見《晉書·王導傳》。
再─第二次。
青─黑色。
記取─記住，記著。
新雁─剛從北方飛來的雁。

書憤

陸游

早歲哪知世事艱，中原北望氣如山。
樓船夜雪瓜洲渡，鐵馬秋風大散關。
塞上長城空自許，鏡中衰鬢已先斑。
出師一表真名世，千載誰堪伯仲間！

書憤—抒寫自己的憤恨之情。

早歲—早年，年輕時。

世事艱—指抗金大業屢遭破壞。

氣如山—指收復失地的豪情壯志堅定如山。

「樓船夜雪」二句—這是追述二十五年前的兩次抗金勝仗。

塞上長城—南朝宋文帝冤殺大將檀道濟，檀在死前怒斥「乃壞汝萬里長城」的典故。這裡作者用作自比。

空自許—白白地自許。

名世—名傳後世。

堪—能夠。

伯仲間—這裡比喻人物不相上下，難分優劣高低。

夜遊宮

◎記夢寄師伯渾

陸游

雪曉清笳亂起，夢遊處，不知何地。鐵騎無聲望似水。想關河，雁門西，青海際。

睡覺寒燈裡，漏聲斷，月斜窗紙。自許封侯在萬里。有誰知，鬢雖殘，心未死。

師伯渾—師渾甫，字伯渾，四川眉山人，作者友人。

雪曉—下雪的早晨。

笳—古代號角一類的軍樂。

無聲—古代夜行軍，令士卒口中銜枚，故無聲。

關河—關塞、河防。

雁門—即雁門關。

青海—即青海湖。

睡覺—睡醒。

「自許」句—《後漢書．班超傳》記載，班超少有大志，投筆從戎。後來在西域建立大功，官至西域都護，封定遠侯。這裡表示要取法班超。

鬢殘—喻衰老。

鵲橋仙

陸游

一竿風月，一蓑煙雨，
家在釣臺西住。
賣魚生怕近城門，況肯到紅塵深處？
潮生理棹，潮平繫纜，
潮落浩歌歸去。
時人錯把比嚴光，我自是無名漁父。

一竿風月—風月中垂一釣竿。

蓑—蓑衣。

釣臺—漢代隱士嚴光隱居的地方，在今浙江省富春江畔的桐廬縣。

況肯—更何況。

紅塵—指俗世。

棹—指船槳。

潮平繫纜—潮水滿漲時停船捕魚。

浩歌—指放聲高歌，大聲歌唱。

嚴光—嚴子陵，漢代著名隱士。

漁父—漁翁，捕魚的老人。

醉落魄

范成大

棲烏飛絕，絳河綠霧星明滅。燒香曳簟眠清樾。花久影吹笙，滿地淡黃月。

好風碎竹聲如雪，昭華三弄臨風咽。鬢絲撩亂綸巾折。涼滿北窗，休共軟紅說。

絳河—天河。

曳簟—鋪開竹蓆。

樾—樹蔭。

竹—指笙管。

昭華—古管樂器名，此處指笙。

綸巾—本為古代儒將常服，作者隱居猶著，可見其雄心未泯。

北窗—代指書房。

軟紅—此指繁華勝景。

六州歌頭

張孝祥

長淮望斷，關塞莽然平。

征塵暗，霜風勁，悄邊聲，黯銷凝。

追想當年事，殆天數，非人力，

洙泗上，弦歌地，亦羶腥。

隔水氈鄉，落日牛羊下，區脫縱橫。

看名王宵獵，騎火一川明，

笳鼓悲鳴，遣人驚。

長淮—指淮河，南宋的前線。

莽然—草木叢生貌。

征塵—路上的塵土。

當年事—指靖康間金兵南侵滅北宋事。

殆—大概、也許。

洙泗—古代魯國的，洙水和泗水，流經曲阜，即孔子當年生活和講學的地方。代指中原地區。

弦歌—彈琴唱歌，此指禮樂教化。

羶腥—牛羊的氣味。

區脫—邊防上築起守望或戍守的土堡，匈奴語稱區脫。也作「甌脫」。

名王—指金兵的主將。

宵獵—夜間打獵。

騎火—舉著火把的馬隊。

念腰間箭，匣中劍，
空埃蠹，竟何成！
時易失，心徒壯，歲將零，渺神京。
干羽方懷遠，靜烽燧，且休兵。
冠蓋使，紛馳鶩，若為情。
聞道中原遺老，常南望、翠葆霓旌。
使行人到此，
忠憤氣填膺，有淚如傾。

埃蠹—塵掩蟲蛀。

零—盡。

渺神京—收復京師更為渺茫。神京，指北宋都城汴京。

「干羽」句—用禮樂文化懷柔遠方異族，這裡指對敵妥協求和。干羽，干盾和羽翳，皆供樂舞時用。羽為文舞，干為武舞。古舞者所執，泛指廟堂之舞。

靜烽燧—邊境上平靜無戰爭。烽燧，即烽煙。

「冠蓋」三句—冠蓋，冠服求和的使者。馳鶩，奔走忙碌，往來不絕。若為情，何以為情，意為「怎麼好意思」。

翠葆霓旌—指皇帝的儀仗。翠葆，以翠鳥羽毛為飾的車蓋。霓旌，像虹霓似的彩色旌旗。

填膺—塞滿胸懷。

水調歌頭 ◎金山觀月

張孝祥

江山自雄麗，風露與高寒。
寄聲月姊，借我玉鑑此中看。
幽壑魚龍悲嘯，倒影星辰搖動，
海氣夜漫漫。
湧起白銀闕，危駐紫金山。
表獨立，飛霞佩，切雲冠。
漱冰濯雪，眇視萬里一毫端。

金山—指金山寺，是江蘇鎮江的一座古剎。

月姊—指月中仙子嫦娥。

玉鑑—玉鏡。喻月亮明潔如白玉磨成的鏡子。

幽壑魚龍—潛藏在深淵裡的魚龍。

海氣—江面上的霧氣。

漫漫—無邊際的樣子。

白銀闕—指月宮。此處借指金山寺。

危駐—高駐。

紫金山—此指金山。

表獨立—屹然獨立。表為特出之意。

飛霞佩—以飛霞為佩。指佩帶的玉飾。

回首三山何處，聞道群仙笑我，
要我欲俱還。
揮手從此去，翳鳳更驂鸞。

切雲冠—一種高帽子。
漱冰濯雪—浸潤在如同冰雪般潔白的月光裡。
「眇視」句—萬里之外渺小如毫末的景物也能看得十分清楚。眇通「渺」。毫端，細毛的末端。比喻極細微。
三山—傳說中的蓬萊、方丈、瀛州三座仙山。
「翳鳳」句—用鳳羽做華蓋，用鸞鳥來駕車，仙人駕車雲遊的意思。翳，華蓋。驂，車駕。

水調歌頭 ◎和龐佑父

張孝祥

雪洗虜塵靜，風約楚雲留。何人為寫悲壯，吹角古城樓。湖海平生豪氣，關塞如今風景，剪燭看吳鉤。剩喜燃犀處，駭浪與天浮。

憶當年，周與謝，富春秋。小喬初嫁，香囊未解，勳業故優游。

龐佑父—一作佑甫，名謙孺，生平事蹟不詳，他與張孝祥、韓元吉等皆有交遊酬唱。

雪洗—洗刷。這裡用「雪」字，疑與冬天用兵有關。

虜塵—指敵寇或叛亂者的侵擾。

「風約」句—是說自己為風所阻，羈留後方。

吹角—奏軍樂。象徵勝利喜悅的心情。

風景—指宋軍南渡。

「剪燭」句—夜裡燃燭把寶劍拿出來看。吳鉤，寶劍名，產於吳地。

剩喜—更喜。

燃犀處—指牛渚磯，即采石磯。晉書載此地水深不可測，溫嶠便毀犀角而照之。毀犀即燃犀，即

赤壁磯頭落照，

肥水橋邊衰草，渺渺喚人愁。

我欲乘風去，擊楫誓中流。

照妖之意。這裡是把金兵視為妖魔。

香囊未解—指謝玄年少時好佩紫羅香囊，謝安設法賭取而焚之，從此謝玄便不再以此為戲。

念奴嬌 ◎過洞庭

張孝祥

洞庭青草，近中秋，更無一點風色。
玉鑑瓊田三萬頃，著我扁舟一葉。
素月分輝，明河共影，表裡俱澄澈。
悠然心會，妙處難與君說。

應念嶺表經年，
孤光自照，肝膽皆冰雪。
短髮蕭騷襟袖冷，穩泛滄浪空闊。

洞庭青草—青草湖，有沙丘與洞庭湖相隔，水漲時二湖相通，總稱洞庭湖。

風色—風勢。

玉鑑瓊田—形容月光下的湖上景色。玉鑑即玉鏡。

素月—潔白的月亮。

明河—天河。

表裡—裡裡外外。此處指天上月亮和銀河的光輝映入湖中，上下一片澄明。

嶺表經年—指作者在嶺南住了一年。嶺表指五嶺以南，今廣東、廣西地區。

孤光—指月光。

盡挹西江，細斟北斗，萬象為賓客。
扣舷獨嘯，不知今夕何夕。

肝膽皆冰雪—比喻心地光明磊落像冰雪般純潔。
短髮蕭騷—頭髮少了。騷，一作「疏」。
挹—一作「吸」，汲取。
萬象—萬物。
扣舷—敲著船邊打拍子。
獨嘯—嘯詠、嘯歌的意思。
「不知」句—《詩經・唐風・綢繆》：「今夕何夕，見此良人。」嘆夜色美好。

浣溪沙 ◎荊州約馬舉先登城樓觀塞

張孝祥

霜日明霄水蘸空，
鳴鞘聲裡繡旗紅，
澹煙衰草有無中。
萬里中原烽火北，
一尊濁酒戍樓東，
酒闌揮淚向悲風。

霜日—秋天。

明霄—晴朗的天空。

鳴鞘聲—指從鞘裡取刀、劍所發出的聲音，這裡指的是揮動馬鞭發出的響聲。鞘，鞭鞘也。

澹煙—煙霧稀薄。

戍樓—守邊之烽火樓。戍，守邊也。

酒闌—將酒飲盡。

悲風—淒厲的風。

西江月 ◎阻風山峰下

張孝祥

滿載一船秋色，平鋪十里湖光。
波神留我看斜陽，放起鱗鱗細浪。
明日風回更好，今宵露宿何妨？
水晶宮裡奏霓裳，準擬岳陽樓上。

山峰—指黃陵山。黃陵山在湖南湘陰縣北洞庭湖邊，湘水由此入湖。相傳山上有舜之二妃娥皇、女英的廟，世稱黃陵廟。

波神—水神。

鱗鱗—形容波紋細微如魚鱗。

風回—指風向轉為順風。

水晶宮—古代傳說中的水府。

霓裳—指《霓裳羽衣曲》，唐時流行的一種歌舞曲。

西江月◎題溧陽三塔寺

張孝祥

問訊湖邊春色，重來又是三年。
東風吹我過湖船，楊柳絲絲拂面。
世路如今已慣，此心到處悠然。
寒光亭下水如天，飛起沙鷗一片。

題溧陽三塔寺—溧陽，今江蘇省溧陽縣。三塔寺，溧陽境內寺名。

問訊—問候。

湖—此指三塔湖，在今江蘇溧陽西。三塔寺在三塔湖中。

重來又是三年—相隔三年重遊舊地。

過湖船—駛過湖面的船。

楊柳絲絲—形容柳條輕柔拂面。

寒光亭—在三塔寺內。

水龍吟

◎登建康賞心亭

辛棄疾

楚天千里清秋，水隨天去秋無際。
遙岑遠目，獻愁供恨，玉簪螺髻。
落日樓頭，斷鴻聲裡，江南遊子。
把吳鉤看了，闌干拍遍，
無人會、登臨意。
休說鱸魚堪膾，
盡西風、季鷹歸未？

建康賞心亭—為秦淮河邊一名勝。

遙岑—遠山。指長江以北淪陷區的山。

目—意為眺望。

玉簪螺髻—比喻山。

斷鴻—失群孤雁。

江南遊子—作者自稱。

吳鉤—吳地特產的彎形寶刀，此指劍。

「休說鱸魚」三句—晉朝人張翰，在洛陽做官，見秋風起，想到家鄉蘇州味美的鱸魚，便棄官回鄉。這裡是說自己不貪戀生活享受，不願意學張翰那麼忘情時事。

求田問舍，怕應羞見，劉郎才氣。
可惜流年，憂愁風雨，樹猶如此。
倩何人喚取，紅巾翠袖，揾英雄淚。

求田問舍—買地置產之意。

劉郎—指三國時蜀主劉備。這裡泛指有大志的人。

風雨—指國家局勢危險之際。

樹猶如此—借樹比人，嘆歲月虛度。典出《世說新語・言語》。桓溫北征，見昔日所種樹皆已十圍，嘆曰：「木猶如此，人何以堪！」

「可惜流年」三句—自惜年華在無所作為中逝去，為國運感到憂愁，人比樹老得還快。

倩—央求。

紅巾翠袖—指美人。

揾—擦拭。

水龍吟

◎過南劍雙溪樓

辛棄疾

舉頭西北浮雲，倚天萬里須長劍。
人言此地，夜深長見，斗牛光焰。
我覺山高，潭空水冷，月明星淡。
待燃犀下看，憑欄卻怕，
風雷怒，魚龍慘。
峽束蒼江對起，過危樓，欲飛還斂。
元龍老矣，不妨高臥，冰壺涼簟。

南劍—即南劍州，宋代州名。
雙溪樓—在南劍州府城東。
西北浮雲—西北的天空被浮雲遮蔽，這裡隱喻中原河山淪陷於金人之手。
斗牛光燄—指劍氣現於斗牛之間。
魚龍—指水中怪物，暗喻朝中阻遏抗戰的小人。
慘—狠毒。
「峽束」句—青青的江水受到兩峽的夾峙。蒼江，一作「滄江」。
「元龍」二句—此處作者以陳登自比，表示要高臥不問世事。

千古興亡，百年悲笑，一時登覽。

問何人又卸、片帆沙岸，繫斜陽纜。

冰壺涼簟——喝涼水，睡涼蓆，喻指過著隱居自適的生活。

百年悲笑——指人生百年中的遭遇。

卸——指在岸邊卸下了帆。

繫斜陽纜——在斜陽裡繫住纜繩。

賀新郎 ◎同父見和再用前韻答之

辛棄疾

老大哪堪說。
似而今、元龍臭味，孟公瓜葛。
我病君來高歌飲，驚散樓頭飛雪。
笑富貴千鈞如髮。
硬語盤空誰來聽？
記當時、只有西窗月。
重進酒，換鳴瑟。

老大哪堪說—老大無成，還有什麼可說的呢？

似而今—像如今，只有好友相聚可堪一提。

元龍臭味—三國時陳登，字元龍，憂國忘家，有救世之意。這是作者表示與陳登臭味相投。

孟公瓜葛—西漢陳遵，字孟公，非常好客。辛棄疾與陳亮在上饒盤桓十日，意猶未盡，分別之後，竟冒雪尾追，再求一敘。

千鈞如髮—韓愈〈與孟尚書書〉：「其危如一髮引千鈞。」鈞，古代重量單位，合三十斤。髮，頭髮，指像頭髮一樣輕。

硬語盤空—化用韓愈「橫空盤硬語，妥帖力排奡」的詩句，形容文章氣勢雄偉，矯健有力。

事無兩樣人心別。
問渠依：神州畢竟，幾番離合？
汗血鹽車無人顧，千里空收駿骨。
正目斷關河路絕。
我最憐君中宵舞，
道「男兒到死心如鐵」。
看試手，補天裂。

西窗—表示思念。
渠依—吳語自稱我為依，稱他們為渠依。
離合—指中原土地被侵占。
汗血鹽車—用寶馬良駒來拖笨重的鹽車，借喻人才埋沒與受到屈辱。
「千里」句—意思是說千里馬被折磨至死，暗喻當今人才橫遭貶斥壓抑。
關河路絕—以當前大雪比喻通向中原的道路斷絕。
憐—愛憐，尊敬。
中宵舞—指晉祖逖與劉琨聞雞起舞的故事。
試手—大顯身手。
補天裂—古代傳說中有女媧氏煉石補天的故事。

太常引

◎建康中秋為呂叔潛賦

辛棄疾

一輪秋影轉金波，飛鏡又重磨。
把酒問姮娥：被白髮、欺人奈何？
乘風好去，長空萬里，直下看山河。
斫去桂婆娑，人道是、清光更多。

呂叔潛—名大虬，生平事蹟不詳，似為作者聲氣相應的朋友。

金波—形容月光浮動。

飛鏡—飛在天上的鏡子，這裡比喻圓圓的滿月。

重磨—古代鏡子用銅製成，要常磨以保持光亮才能照人。

姮娥—即嫦娥，傳說中的月中仙女。

斫—砍。

桂—月中的桂樹，據說高五百丈。

婆娑—樹影搖曳的樣子。

醜奴兒

◎書博山道中壁

辛棄疾

少年不識愁滋味，愛上層樓。

愛上層樓，為賦新詞強說愁。

而今識盡愁滋味，欲說還休。

欲說還休，卻道天涼好個秋。

醜奴兒－詞牌醜奴兒，即〈采桑子〉。四十四字，平韻。

博山－在今江西廣豐縣西南，因狀如廬山香爐峰，故名。此詞寫在博山路上驛站的牆壁上。

賦－作詩。

欲說還休－欲言又止。形容難以言傳狀。

水調歌頭

◎舟次揚州，和楊濟翁、周顯先韻

辛棄疾

落日塞塵起，胡騎獵清秋。
漢家組練十萬，列艦聳高樓。
誰道投鞭飛渡？
憶昔鳴髇血汙，風雨佛狸愁。
季子正年少，匹馬黑貂裘。
今老矣，搔白首，過揚州。
倦遊欲去江上，手種橘千頭。

次—停泊。

楊濟翁—即楊炎正，詩人楊萬里的族弟。

周顯先—東南一帶名士。

塞塵起—指邊疆發生戰爭。

胡騎獵清秋—古代北方的敵人經常於秋高馬肥之時南犯。胡騎，此指金兵。獵，借指發動戰爭。

漢家—漢王朝，這裡借指南宋。

組練—組甲練袍，指裝備精良的軍隊。

投鞭—據晉書記載，秦王苻堅率大軍南侵東晉，曾不可一世地說「以吾之眾，投鞭於江，足斷其流」，結果卻一敗塗地，喪師北還。

鳴髇—即鳴鏑。《史記・匈奴傳》載，頭曼匈奴第一代單于之太子冒頓作鳴鏑，命令部下說：「鳴鏑所射而不悉射者斬之」，後在

二客東南名勝，萬卷詩書事業，
嘗試與君謀。
莫射南山虎，直覓富民侯。

一次出獵時，冒頓以鳴鏑射頭曼，他的部下也跟著發箭，頭曼遂被射殺。

佛狸—北魏太武帝拓跋燾的小名。他南侵中原受挫，被太監所殺。

「季子」二句—季子，蘇秦的字，戰國時著名策士，縱橫家。他年輕時曾穿黑貂裘入秦遊說。這裡作者以「季子」自擬，乃是以天下為己任的少年銳進之氣。

「莫射」二句—暗指朝廷偃武修文，放棄北伐，致使英雄無用武之地。

菩薩蠻

◎書江西造口壁

辛棄疾

鬱孤臺下清江水，中間多少行人淚。
西北望長安，可憐無數山。
青山遮不住，畢竟東流去。
江晚正愁予，山深聞鷓鴣。

鬱孤臺—位於贛州古城西北最高處—賀蘭山（俗稱田螺嶺）上，因「隆阜鬱然，孤起平地數丈」而得名。

長安—漢唐時代的京城，這裡借指宋朝的都城汴京。

愁予—使我愁苦。

鷓鴣—古時傳說此鳥只會向南飛，從不往北。這裡借此影射南宋君臣只是偏安南方，不思北伐收復失地之意。

鷓鴣天◎送人

辛棄疾

唱徹《陽關》淚未乾，功名餘事且加餐。
浮天水送無窮樹，帶雨雲埋一半山。
今古恨，幾千般，只應離合是悲歡。
江頭未是風波惡，別有人間行路難。

唱徹《陽關》——唱完送別的歌曲。陽關，指陽關曲，是古人送別的曲子。

功名餘事——功名是次要的事。詞人一生以收復失地為國立功為己事，然而卻不得重用，故作此憤慨之詞。

只應——只以為。

未是——還不是。

風波惡——唐劉禹錫〈竹枝詞〉：「瞿塘嘈嘈十二灘，人言道路古來難。長恨人心不如水，等閒平地起波瀾。」

鷓鴣天

◎東陽道中

辛棄疾

撲面征塵去路遙，香篝漸覺水沉銷。
山無重數周遭碧，花不知名分外嬌。
人歷歷，馬蕭蕭。旌旗又過小紅橋。
愁邊剩有相思句，搖斷吟鞭碧玉梢。

東陽——即今浙江東陽縣。考察作者早年宦遊踪迹，無確切記載來過此地，本事不可考。
征塵——征途上揚起的塵土。
香篝——一種燃香料的籠子。
水沉——即沉香，一種名貴香料。
銷——消退
周遭——周圍。

鷓鴣天 ◎尋菊花無有

辛棄疾

掩鼻人間臭腐場，古來惟有酒偏香。
自從來住雲煙畔，直到而今歌舞忙。
呼老伴，共秋光。黃花何處避重陽？
要知爛漫開時節，直待西風一夜霜。

「**掩鼻**」二句—我掩鼻離開了人間腐朽汙穢的場所，覺得還是古語說得對，只有使人一醉忘憂的美酒，才是香醇可親的。

歌舞忙—寫詞人閒適瀟灑的生活和志得意滿的情愫。

雲煙畔—形容山野雲煙萬態。

老伴—指作者的妻子。

共秋光—共享秋光。隱含了「尋菊花」之意。

黃花—菊花的別稱。

重陽—農曆九月九日，古代有登高、飲酒、賞菊的習俗。

「**要知爛漫**」二句—是說菊花的開放，還得等待刮一陣秋風，落一夜嚴霜。這只是字面意思，實際是讚美菊花不趨炎附勢而傲霜凌寒的品格。

鷓鴣天

◎有客慨然談功名，因追念少年時事，戲作。

辛棄疾

壯歲旌旗擁萬夫，錦襜突騎渡江初。
燕兵夜娖銀胡觮，漢箭朝飛金僕姑。
追往事，嘆今吾，春風不染白髭鬚。
卻將萬字平戎策，換得東家種樹書。

「**壯歲**」句—指作者領導起義軍抗金事，當時正二十歲出頭。

錦襜突騎—精銳的錦衣騎兵。襜，戰袍蔽前曰「襜」。

「**燕兵**」兩句—意謂金兵在夜晚枕著箭袋小心防備。燕兵，此處指金兵。娖，整理的意思。銀胡觮，銀色或鑲銀的箭袋，軍士枕著它，可以測聽三十里內外的人馬聲響，見《通典》。

「**漢箭**」句—意謂清晨宋軍便萬箭齊發，向金兵發起進攻。

平戎策—平定當時入侵者的策略。

東家—東鄰。

種樹書—表示退休歸耕農田。

青玉案 ◎元夕

辛棄疾

東風夜放花千樹，更吹落、星如雨。寶馬雕車香滿路。鳳簫聲動，玉壺光轉，一夜魚龍舞。

蛾兒雪柳黃金縷，笑語盈盈暗香去。眾裡尋他千百度，驀然回首，那人卻在，燈火闌珊處。

「東風」三句—此處形容元宵節賞燈，燈如火樹銀花。

玉壺—指月亮。

魚龍—指鯉魚燈、龍燈等各種形狀的燈。

蛾兒—女子頭飾。

雪柳—雪柳上飾以金線，故稱捻金雪柳。

黃金縷—女子頭飾。

盈盈—儀態美好的樣子。

他—泛指第三人稱。

驀然—突然，猛然。

闌珊—零落稀少的樣子。

八聲甘州

辛棄疾

◎初夜讀《李廣傳》，不能寐。因念晁楚老、楊民瞻約同居山間，戲用李廣事，賦以寄之

故將軍飲罷夜歸來，長亭解雕鞍。
恨灞陵醉尉，匆匆未識，桃李無言。
射虎山橫一騎，裂石響驚弦。
落魄封侯事，歲晚田園。
誰向桑麻杜曲，
要短衣匹馬，移住南山。

晁楚老、楊民瞻—兩位住在江西上饒的文人，生平不詳。

「故將軍」二句—《史記》載李廣帶醉夜歸，被灞陵尉攔下，命李廣宿亭下。解雕鞍，卸下精美的馬鞍，指下馬。

桃李無言—喻李廣雖不善辭令卻是天下人共同欽慕的英雄。

「射虎」二句—《史記》記載，李廣出獵，見草中石，以為是虎而射之，中石沒鏃。驚弦，震耳的弦聲。

「誰向桑麻」三句—不要學過那種隱居生活，要學李廣往南山去射獵，為國殺敵。杜曲，長安城

看風流慷慨，談笑過殘年。
漢開邊、功名萬里，
甚當時、健者也曾閒。
紗窗外、斜風細雨，一陣輕寒。

南的名勝區。短衣匹馬，射獵的裝束。

摸魚兒

辛棄疾

◎淳熙己亥，自湖北漕移湖南，同官王正之置酒小山亭，為賦

更能消幾番風雨？匆匆春又歸去。
惜春長怕花開早，何況落紅無數。
春且住，見說道，天涯芳草無歸路。
怨春不語。算只有殷勤，
畫簷蛛網，盡日惹飛絮。
長門事，準擬佳期又誤。

淳熙己亥—淳熙六年，辛棄疾從湖北轉運副使調任湖南，主持漕運。小山亭在湖北轉運使官署內。

漕—漕司的簡稱，指轉運使。

同官王正之—作者調離湖北轉運副使後，由王正之接任原來職務，故稱「同官」。王正之，名正己，是作者舊交。

消—經受。

落紅—落花。

見說—聽說。

算只有殷勤—想來只有檐下蛛網還殷勤地沾惹飛絮，留住春色。

長門—漢代宮殿名，武后皇后失寵後被幽禁於此。

蛾眉曾有人妒。
千金縱買相如賦，脈脈此情誰訴？
君莫舞，君不見、玉環飛燕皆塵土。
閒愁最苦，休去倚危欄，
斜陽正在，煙柳斷腸處。

蛾眉—代指美女。
相如賦—即司馬相如的〈長門賦〉。
脈脈—綿長深厚的樣子。
君—指善妒之人。
閒愁—指自己精神上的鬱悶。
斷腸—形容極度思念或悲痛。

沁園春 ◎靈山齊庵賦，時築偃湖未成

辛棄疾

疊嶂西馳，萬馬迴旋，眾山欲東。
正驚湍直下，跳珠倒濺，
小橋橫截，缺月初弓。
老合投閒，
天教多事，檢校長身十萬松。
吾廬小，在龍蛇影外，風雨聲中。
爭先見面重重，看爽氣朝來三數峰。

靈山—一名鎮山，在江西上饒城北。齊庵為辛棄疾在靈山所建茅廬。

偃湖—新築之湖，時未竣工。

驚湍—急流，此指山上的飛泉瀑布。

跳珠—飛泉直瀉時濺起的水珠。

缺月初弓—形容小橋的形狀，如弓形的彎月。

合—應當。

投閒—指罷官閒居。

檢校—查核、掌管。

龍蛇—形容松樹屈曲的枝條。

爽氣朝來—朝來群峰送爽，沁人心脾。

似謝家子弟，衣冠磊落，

相如庭戶，車騎雍容。

我覺其間，

雄深雅健，如對文章太史公。

新堤路，問偃湖何日，煙水濛濛？

磊落—儀態俊偉而落落大方。

相如庭戶—此處以司馬相如的車騎雍容來形容山的富麗。

雄深雅健—《新唐書》載韓愈評柳宗元文章的特點時提到「雄深雅健，似司馬子長。」司馬子長即司馬遷。

賀新郎

辛棄疾

◎邑中園亭，僕皆為賦此詞。一日，獨坐停雲，水聲山色，競來相娛，意溪山欲援例者，遂作數語，庶幾彷彿淵明思親友之意云

甚矣吾衰矣。
悵平生、交遊零落，只今餘幾！
白髮空垂三千丈，一笑人間萬事。
問何物、能令公喜？
我見青山多嫵媚，
料青山見我應如是。

邑中—指鉛山境內。

僕—自稱。

停雲—停雲堂，作者晚年住在鉛山時所建。

淵明思親友之意—陶淵明〈停雲〉詩，序中說：「停雲，思親友也。」

「甚矣」句—出自《論語．述而》，這裡是用孔子之語感嘆自己衰老了。

「白髮」句—化用李白〈秋浦歌〉詩意，感嘆歲月蹉跎，有志難伸。

公—作者自稱。

嫵媚—姿態美好。

情與貌，略相似。

一尊搔首東窗裡。

想淵明停雲詩就，此時風味。

江左沉酣求名者，豈識濁醪妙理。

回首叫、雲飛風起。

不恨古人吾不見，

恨古人不見吾狂耳。

知我者，二三子。

「江左」句—用蘇軾「江左風流人，醉中亦求名」詩意，諷刺當時南方士大夫只知爭名求利。

濁醪—濁酒，古時米酒呈乳白色，故名。

「不恨」二句—語出《南史・張融傳》，意思是不遺憾我沒有看到古人的神韻豪氣，只恨古人沒有看到我的豪放罷了。

知我者，二三子—引《論語》的典故：「二三子以我為隱乎」。

木蘭花慢

辛棄疾

◎中秋飲酒將旦，客謂前人詩詞有賦待月，無送月者，因用〈天問〉體賦

可憐今夕月，向何處，去悠悠？是別有人間，那邊才見，光影東頭？是天外，空汗漫，但長風浩浩送中秋？飛鏡無根誰繫？姮娥不嫁誰留？

將旦—天將明。

天問體—屈原作〈天問〉的形式，即對「天」連續發問的形式。

可憐—可愛。

悠悠—遙遠的樣子。

別有—另有。

光影東頭—月亮從東方升起。光影，指月亮。

天外—指茫茫宇宙。

汗漫—廣闊無邊。

飛鏡—指圓月。

謂經海底問無由，恍惚使人愁。
怕萬里長鯨，縱橫觸破，玉殿瓊樓。
蝦蟆故堪浴水，問云何玉兔解沉浮？
若道都齊無恙，云何漸漸如鉤？

「謂經海底」二句—意思是據人說月亮遠行經過海底，又無法探明其究竟，真讓人不可捉摸而發愁。謂，據說。問無由，無處可詢問。恍惚，模模糊糊、隱隱約約。

蝦蟆—蛤蟆。傳說月中有蟾蜍。

故堪浴水—本來就解水性。

玉兔—傳說月宮中有白兔。

漸漸如鉤—圓月慢慢變成彎月。

木蘭花慢

◎席上送張仲固帥興元

辛棄疾

漢中開漢業，問此地、是耶非？
想劍指三秦，君王得意，一戰東歸。
追亡事，今不見；
但山川滿目淚沾衣。
落日胡塵未斷，西風塞馬空肥。
一編書是帝王師。
小試去征西。

漢中開漢業—指劉邦以漢中為基礎，開創了漢王朝的帝業。

劍指三秦—指劉邦占領關中事三秦，即雍、塞、翟三國地。

追亡事—指蕭何追韓信。

今不見—諷刺南宋統治者不重用抗金愛國人才。

山川滿目淚沾衣—初唐詩人李嶠〈汾陰行〉：「山川滿目淚沾衣，富貴榮華能幾時。不見祇今汾水上，唯有年年秋雁飛。」

胡塵—金人的軍馬揚起的塵土。

西風—秋風。

塞馬—邊馬。

「一編」二句—你熟諳兵法，可

更草草離筵，匆匆去路，愁滿旌旗。
君思我、回首處，
正江涵秋影雁初飛。
安得車輪四角，不堪帶減腰圍。

為王者之師，此番西行只不過是小試身手。一編書，《史記・留侯世家》載，下邳圯上老人以一編書《太公兵法》出示張良曰：「讀此，則為王者師矣。」

小試—略試才能。

「更草草」三句—離筵草率，匆匆上路，就連旌旗也彷彿被離愁別恨所感染。

車輪四角—陸龜蒙〈古意〉：「君心莫淡薄，妾意正棲托。願得雙車輪，一夜生四角。」盼望車子開不動把行人留下來的意思。

帶減腰圍—因為思念友人，身體逐漸消瘦，腰圍漸細，衣帶日寬。

破陣子

◎為陳同甫賦壯詞以寄

辛棄疾

醉裡挑燈看劍，夢回吹角連營。
八百里分麾下炙，五十弦翻塞外聲。
沙場秋點兵。

馬作的盧飛快，弓如霹靂弦驚。
了卻君王天下事，贏得生前身後名。
可憐白髮生。

陳同甫—陳亮，南宋著名思想家，和辛棄疾交誼頗深。

挑燈—把燈芯挑亮。

看劍—抽出寶劍來細看。

夢回—夢醒。

八百里—牛名。

分麾下炙—把烤牛肉分賞給部下。

五十弦—指瑟，古瑟用五十弦。這裡泛指軍中樂器。

的盧—快馬，性烈。

霹靂—雷聲。比喻射箭時的弓弦聲，響如雷鳴。

天下事—指收復中原。

西江月 ◎遣興

辛棄疾

醉裡且貪歡笑，要愁哪得功夫。
近來始覺古人書，信著全無是處。
昨夜松邊醉倒，問松我醉何如？
只疑松動要來扶，以手推松曰去！

遣興—抒發自己的興致。

「近來始覺」二句—意思是近來我才領悟到，相信古人書上的話，那就完全錯了。

永遇樂 ◎京口北固亭懷古

辛棄疾

千古江山，英雄無覓，孫仲謀處。
舞榭歌臺，風流總被，雨打風吹去。
斜陽草樹，尋常巷陌，
人道寄奴曾住。
想當年，金戈鐵馬，氣吞萬里如虎。
元嘉草草，封狼居胥，
贏得倉皇北顧。

京口北固亭—京口即今江蘇省鎮江市，城北有北固山，山上有亭名北固亭。

「英雄」二句—英雄指孫仲謀，三國時為吳帝，曾建都於京口，後來遷都建業。覓，尋找。

風流—傑出，不平凡。

巷陌—街道。

寄奴—南朝宋武帝劉裕。

「元嘉」三句—劉裕之子，南朝宋文帝劉義隆，有意北伐立功。元嘉二十七年（西元四五〇）命王玄謨草率北伐，大敗。草草，草率，馬虎。封狼居胥，北伐立功的意思。據《史記．衛將軍驃騎列傳》載，漢將軍霍去病打敗匈奴，追到狼居胥山，封山而還。封，在山上築土為壇，祭天報功。贏得，落得。倉皇北顧，驚惶失

四十三年，望中猶記、烽火揚州路。
可堪回首，佛狸祠下，
一片神鴉社鼓。
憑誰問：廉頗老矣，尚能飯否！

措地向北觀望敵人的追兵。

「四十三年」三句—辛棄疾投歸南宋，途經揚州路，親見金兵戰火，至寫本詞時恰為四十三年。望中，登樓向北遠望之際。揚州路，指揚州所在的淮南東路。

可堪回首—不堪回顧。

佛狸祠—北魏太武帝拓跋燾小名佛狸，他擊敗王玄謨的軍隊後，率兵追至長江北岸的瓜步山，在山上建立行宮，後稱佛狸祠。

「廉頗老矣」二句—廉頗是戰國時趙國名將，晚年被罷官。秦兵屢次攻打趙國，趙王想起用廉頗，使者受了廉頗仇人郭開的賄賂，在趙王面前說廉頗雖然老了，還很有飯量，只是不一會他就三次上廁所大便。趙王以為廉頗真老了，就沒再召用。事見《史記・廉頗藺相如列傳》。

南鄉子 ◎登京口北固亭有懷

辛棄疾

何處望神州？滿眼風光北固樓。
千古興亡多少事，
悠悠，不盡長江滾滾流。
年少萬兜鍪，坐斷東南戰未休。
天下英雄誰敵手？曹劉。
生子當如孫仲謀。

神州—指淪陷金國的中原地區。

悠悠—迢迢不斷的樣子。

年少—年輕。指孫權十九歲繼父兄之業統治江東。

萬兜鍪—形容千軍萬馬。兜鍪，頭盔，代指士兵。

坐斷—占據，割據。

東南—指吳國在三國時地處東南方。

曹劉—指曹操與劉備。

「生子」句—曹操率領大軍南下，見孫權的軍隊雄壯威武，喟然而嘆：「生子當如孫仲謀，劉景升兒子若豚犬耳。」

清平樂 ◎獨宿博山王氏庵

辛棄疾

遶床饑鼠，蝙蝠翻燈舞。
屋上松風吹急雨，破紙窗間自語。
平生塞北江南，歸來華髮蒼顏。
布被秋宵夢覺，眼前萬里江山。

博山—在江西廣豐西南三十餘里，有博山寺、雨岩等。

翻燈舞—繞著燈上下飛舞。

「破紙窗」句—糊窗紙被風撕裂，呼呼作響，彷彿自說自話。

念奴嬌

◎登建康賞心亭呈史留守致道

辛棄疾

我來弔古，上危樓，贏得閒愁千斛。
虎踞龍蟠何處是？只有興亡滿目。
柳外斜陽，水邊歸鳥，隴上吹喬木。
片帆西去，一聲誰噴霜竹。
卻憶安石風流，
東山歲晚，淚落哀箏曲。
兒輩功名都付與，長日惟消棋局。

賞心亭—位於建康下水門之上，下臨秦淮河，是當時的遊覽名勝，辛棄疾特愛登此亭眺望。

虎踞龍蟠—諸葛亮曾對孫權說：「秣陵（金陵）地形，鍾山龍蟠，石城虎踞，真帝王之都也。」後人遂以此形容建康城地勢之險要，氣勢之崢嶸。

噴霜竹—謂吹笛。噴，吹奏。霜竹，秋天之竹，藉以指笛。

安石—謝安，字安石，東晉著名政治家。

風流—指謝安丰采照人，英才蓋世。

東山歲晚—謂謝安晚年。謝安出仕前曾隱居東山，故以「東山」代指謝安。後世以「東山」稱隱居。

淚落哀箏曲—晉孝武帝末年，謝

寶鏡難尋，碧雲將暮，誰勸杯中綠？
江頭風怒，朝來波浪翻屋。

安位高遭忌。據《晉書．桓伊傳》載，孝武帝曾召善樂者桓伊飲宴，適謝安侍坐。桓伊撫箏而歌，歌曰：「為君既不易，為臣良獨難，忠信享不顯，乃有見疑患……」謝安聞歌觸動心事，不覺潸然淚下，語桓伊云：「使君於此不凡。」孝武聞語亦面有愧色。但謝安後來終被罷相。

「兒輩」二句—言謝安將建功立業的機會都交付給兒輩，自己惟以下棋度日。

寶鏡難尋—據唐李濬《松窗雜錄》，有漁人於秦淮河得一古銅鏡，能照人肺腑。後不慎墜水中，遍尋不得。此喻知我者難覓。

碧雲將暮—言天色將晚，喻歲月消逝，人生易老。

水調歌頭 ◎送章德茂大卿使虜

陳亮

不見南師久，漫說北群空。
當場隻手，畢竟還我萬夫雄。
自笑堂堂漢使，得似洋洋河水，
依舊只流東？
且復穹廬拜，會向藁街逢。
堯之都，舜之壤，禹之封。
於中應有，一個半個恥臣戎。

送章德茂大卿使虜—陳亮的友人章森，字德茂，當時是大理少卿，試戶部尚書，奉命使金，賀金主完顏雍生辰（萬春節）。大卿，對章德茂官銜的尊稱。使虜，指出使到金國去。宋人仇恨金人的侵略，所以把金稱為虜。

南師—南宋軍隊。

漫說北群空—用韓愈詩而反其意，以駿馬為喻，說明南宋依然有人才在。

隻手—獨力支撐的意思。

萬夫雄—有萬夫不敵之勇。

「自笑」三句—意謂我堂堂漢使，豈會長此向金屈辱求和，如江河之水永歸大海？

穹廬—北方游牧民族所居氈帳。這裡借指金廷。

藁街—在長安城內，是當時外國

萬里腥羶如許，千古英靈安在，
磅礴幾時通？
胡運何須問，赫日自當中。

使臣居住的地方。
「堯之都」三句—皆指華夏。
腥羶—這裡代指金人。因金人膻肉酪漿，以充饑渴。
胡運—指金朝的氣數。
赫日—火紅的太陽，用來比喻南宋前途光明。

水龍吟 ◎春恨

陳亮

鬧花深處層樓，畫簾半卷東風軟。春歸翠陌，平莎茸嫩，垂楊金淺。遲日催花，淡雲閣雨，輕寒輕暖。恨芳菲世界，遊人未賞，都付與、鶯和燕。寂寞憑高念遠。向南樓、一聲歸雁。

鬧花—形容百花盛開。

東風軟—指春風吹來使人感覺酥軟。東風，指春風。

平莎—平原上的莎草。或說平整的草。

茸嫩—形容初生之草十分柔嫩。

金淺—指嫩柳的淺淡金黃顏色。

遲日—春日晝長，故曰「遲日」。

催花—催動百花開放。

閣雨—把雨止住。閣，同「擱」。

芳菲—芳華馥郁。

金釵鬥草，青絲勒馬，風流雲散。
羅綬分香，翠綃封淚，幾多幽怨。
正銷魂，又是疏煙淡月，子規聲斷。

金釵鬥草—拔金釵作鬥草遊戲，古代女子的一種嬉戲。
青絲勒馬—用青絲繩做馬絡頭。
羅綬分香—臨別以香羅帶遺贈留念。綬，絲帶，古人用以繫佩玉、官印等。
翠綃封淚—翠巾裹著眼淚寄與對方。翠綃，綠色的薄絹。
疏煙淡月—稀薄的煙霧和不太明亮的月光。

一叢花 ◎溪堂玩月作

陳亮

冰輪斜輾鏡天長，江練隱寒光。
危闌醉倚人如畫，
隔煙村、何處鳴榔？
烏鵲倦棲，魚龍驚起，星斗掛垂楊。
蘆花千頃水微茫，秋色滿江鄉。
樓台恍似遊仙夢，又疑是、洛浦瀟湘。
風露浩然，山河影轉，今古照淒涼。

溪堂—臨水的樓臺。

冰輪—形容皎潔的滿月。

輾—即轉動。

鏡天—形容明淨如鏡的天空。

江練—江水如白練。

鳴榔—敲擊船板以驚魚入網。榔，捕魚輔助工具，以長木條做成。

洛浦瀟湘—洛水之濱，傳說為洛水之神宓妃所居之地。瀟湘，在今湖南，傳說為湘水之神湘君、湘夫人所居之地。作者借以寫溪堂之景。

影轉—月影打斜了。

水調歌頭 ◎登多景樓

楊炎正

寒眼亂空闊，客意不勝秋。
強呼斗酒，發興特上最高樓。
舒卷江山圖畫，
應答龍魚悲嘯，不暇顧詩愁。
風露巧欺客，分冷入衣裘。
忽醒然，成感慨，望神州。
可憐報國無路，空白一分頭。

寒眼—蕭條冷落的景物看上去滿目荒寒。

「客意」句—作客異鄉的人更增添了無限的愁思。

強呼—詞人為了驅散不勝秋的憂愁才呼酒登樓。

斗酒—以斗為器飲酒，即豪飲。斗，古代酒器。

「應答」句—將波濤洶湧之聲想像為江水之下魚龍相互應答的悲嘯之音。

醒然—猛然一驚。

都把平生意氣，
只作如今憔悴，歲晚若為謀。
此意仗江月，分付與沙鷗。

意氣—志向、豪情。
「歲晚」句—壯志未酬而年事已高。
「此意」二句—江上明月和沒有心機的沙鷗可做隱者的伴侶。分付，交給。

沁園春 ◎張路分秋閱

劉過

萬馬不嘶，一聲寒角，令行柳營。
見秋原如掌，槍刀突出；
星馳鐵騎，陣勢縱橫。
人在油幢，戎韜總制，
羽扇從容裘帶輕。
君知否？是山西將種，曾繫詩盟。
龍蛇紙上飛騰，看落筆四筵風雨驚。

萬馬不嘶—萬馬形容演習規模之大。萬馬而不嘶，可想見軍容之整肅。

柳營—軍營。

星馳鐵騎—帶甲的騎兵如流星般奔馳。

油幢—油布製的帳幕。

戎韜總制—以兵法來指揮。

羽扇從容—三國時諸葛亮常手執羽扇，從容指揮戰事。

裘帶輕—指輕裘緩帶，用羊祜故事。西晉羊祜出鎮襄陽十年之間，輕裘緩帶，身不披甲，有儒將之風。

山西將種—古人以華山以西之地

便塵沙出塞，封侯萬里，
印金如斗，未愜平生。
拂拭腰間，吹毛劍在，
不斬樓蘭心不平。
歸來晚，聽隨軍鼓吹，已帶邊聲。

為出將才的地方。

龍蛇—喻書法。

落筆四筵風雨驚—寫其詩意絕妙，風雨為驚，四座無不傾倒，大有李白「筆落驚風雨，詩成泣鬼神」的況味。

愜—滿足，暢快。

吹毛劍—指鋒利的劍。

樓蘭—此指金統治者。

沁園春 ◎寄稼軒承旨

劉過

斗酒彘肩，風雨渡江，豈不快哉！
被香山居士，約林和靖，
與東坡老，駕勒吾回。
坡謂西湖，正如西子，
濃抹淡妝臨鏡臺。
二公者，皆掉頭不顧，只管銜杯。
白雲天竺飛來，

稼軒—即辛棄疾，曾任樞密院都承旨。

斗酒彘肩—《史記‧項羽本紀》載，漢家猛士樊噲，在鴻門宴上為防不測而撞進宴會。項王稱其為壯士，賜一大斗酒與豬前肘。

風雨渡江—大江橫前時有瀟瀟風雨至，痛快非常。

香山居士—白居易晚年自號。

林和靖—北宋詩人林逋，隱居西湖孤山，詠山園小梅詩備受推崇。

東坡老—即蘇東坡，曾先後任職杭州，蘇堤即為其所建。

駕勒吾回—即「勒吾駕回」的倒裝，意謂拉我回來。

銜杯—飲酒。

天竺—在杭州靈隱寺南山中。

圖畫裡、崢嶸樓觀開。
愛東西雙澗，縱橫水繞，
兩峰南北，高下雲堆。
逋曰不然，暗香浮動，
爭似孤山先探梅。
須晴去，訪稼軒未晚，且此徘徊。

飛來—即飛來峰。

東西雙澗—指靈隱寺附近兩股泉水，匯合於飛來峰下。

兩峰—指南、北高峰。

孤山先探梅—孤山為位於裡外兩湖之間的界山，山上種了許多梅花。

沁園春 ◎寄辛稼軒

劉過

古豈無人？可以似吾，稼軒者誰。擁七州都督，雖然陶侃，機明神鑒，未必能詩。常袞何如，羊公聊爾，千騎東方侯會稽。中原事，縱匈奴未滅，畢竟男兒。平生出處天知，算整頓乾坤終有時。

「古豈無人」三句—古代難道無人嗎？可以比得上我辛棄疾的有誰呢？這裡是劉過假託辛棄疾的口吻，氣概足以傲視群雄。

陶侃—陶侃在軍四十一年，擁七州都督，雄毅有權，明悟善決斷。

「常袞」二句—常袞怎麼能比得上辛棄疾呢？羊祜也只是一般般而已。常袞，唐德宗時宰相，屢上書陳述國事。羊公，羊祜，晉初封鉅平侯，平時輕裘皖帶，綏懷遠近。

匈奴—喻金政權。

千騎東方侯會稽—千騎東方，指女子的如意郎君。出自漢樂府〈陌

問湖南賓客，侵尋老矣，
江西戶口，流落何之。
盡日樓臺，四邊屏幛，
目斷江山魂欲飛。
長安道，奈世無劉表，王粲疇依。

上桑〉詩。侯會稽，即侯（於）會稽。會稽在宋時為紹興。辛棄疾曾經任紹興知府，相當於古時會稽侯。整句是說：辛棄疾文韜武略，嫁人應嫁辛棄疾。

「平生」句─謂辛氏仕途多不順。

整頓乾坤─指收復中原。

湖南─辛棄疾曾任湖南安撫史。作者與辛素有交往，故以賓客自喻。

侵尋─慢慢地。

江西戶口─作者是江西人，故自指。

「**長安道**」三句─用王粲事自擬。漢末王粲避亂出長安，後至荊州依劉表。此處以王粲比辛棄疾，意指沒有願用他北伐的伯樂。疇依，誰依，依靠誰。

賀新郎

劉過

彈鋏西來路。
記匆匆、經行十日，幾番風雨。
夢裡尋秋秋不見，秋在平蕪遠樹。
雁信落、家山何處？
萬里西風吹客鬢，
把菱花、自笑人憔悴。
留不住，少年去。

彈鋏—用馮諼客孟嘗君事。馮諼未受重視，他彈著自己的劍鋏而歌。數次後，始得孟嘗君重視。

菱花—鏡子。

男兒事業無憑據。
記當年、悲歌擊楫，酒酣箕踞。
腰下光芒三尺劍，時解挑燈夜語。
誰更識、此時情緒？
喚起杜陵風月手，
寫江東渭北相思句。
歌此恨，慰羈旅。

悲歌擊楫—《晉書．祖逖傳》載，逖統兵北伐渡江，中流擊楫而誓曰：「不能清中原而復濟者，有如大江。」

酒酣箕踞—酒喝得很痛快，把膝頭稍微屈起來坐，形狀如箕，叫做箕踞，表示倨傲、憤世的態度。典出《世說新語．簡傲》。

更—怎能。

杜陵—地名，今陝西西安市東南，杜甫曾在此居住。

風月手—此指寫詩的能手。

江東渭北—杜甫〈春日憶李白〉：「渭北春天樹，江東日暮雲。」

羈旅—客居異鄉。

六州歌頭 ◎弔岳武穆王忠烈廟

劉過

中興諸將，誰是萬人英？身草莽，人雖死，氣填膺，尚如生。年少起河朔，弓兩石，劍三尺，定襄漢，開虢洛，洗洞庭。北望帝京，狡兔依然在，良犬先烹。過舊時營壘，荊鄂有遺民。憶故將軍，淚如傾。

岳鄂王—岳飛（西元一一〇三—一一四二年），字鵬舉，抗金屢立大功，因力主抗戰，為高宗、秦檜所害。孝宗追諡武穆，寧宗時追封為鄂王，立忠烈廟。

萬人英—萬人中的英雄。

「身草莽」四句—是說岳飛慘死於冤獄，葬身草莽之中，但忠憤之氣長存，活在人民心中。

「年少起河朔」九句—岳飛出身貧寒，少年時練得一身好武藝，能拉開近三百斤的硬弓，用三尺的寶劍，即詞中所說「弓兩石，劍三尺」。紹興四年岳飛率軍打敗金人和偽齊的聯合進攻，收復襄陽、漢水流域一帶，以後又曾長期駐防於鄂，使金人不敢窺伺。紹興十年岳飛布置手下諸將分頭在陝西（虢）、河南（洛）一帶進

說當年事，知恨苦，
不奉詔，偽耶真？
臣有罪，陛下聖，可鑒臨，一片心。
萬古分茅土，終不到，舊奸臣。
人世夜，白日照，忽開明。
袞佩冕圭百拜，九泉下榮感君恩。
看年年三月，
滿地野花春，鹵簿迎神。

兵，準備進擊敵人。「洗洞庭」—指岳飛在洞庭湖鎮壓農民起義的事。「北望帝京」—是說岳飛時刻不忘收復汴京（北宋首都）。「狡兔」指金人及金人扶持的偽政權。「良犬」喻指岳飛。

「荊鄂有遺民」三句—是講荊鄂地區存活下來的百姓，每當憶及無不淚流如注。

偽耶真—即究竟是真是假。

鑒臨—審察。

分茅土—古時分封諸侯時的一種儀式，用茅草包上一點土給受封者，作為他分得土地的象徵。

袞—王侯穿的禮服。

圭—玉製的裝飾品。

榮感—即感激。

唐多令

劉過

◎安遠樓小集，侑觴歌板之姬，黃其姓者，乞詞於龍洲道人，為賦此〈唐多令〉。同柳阜之、劉去非、石民瞻、周嘉仲、陳孟參、孟容。時八月五日也

蘆葉滿汀洲，寒沙帶淺流。
二十年重過南樓。
柳下繫船猶未穩，能幾日，又中秋。
黃鶴斷磯頭，故人曾到否？
舊江山渾是新愁。
欲買桂花同載酒，終不似，少年遊。

安遠樓—武昌有南樓在黃鵠山頂，名白雲樓，宋時別名安遠。

小集—此指小宴。

侑觴歌板—指酒宴上勸飲執板的歌女。侑觴，勸酒。歌板，執板奏歌。

龍洲道人—劉過自號。

「二十年」句—南樓初建時期，劉過曾漫遊武昌，過了一段「黃鶴樓前識楚卿，彩雲重疊擁娉婷」的豪縱生活。南樓，指安遠樓。

黃鶴斷磯—在武昌西南，一名黃鵠山，上有黃鶴樓。斷磯，形容磯頭荒涼。

渾是—全是。

念奴嬌

◎感懷呈洪守

劉先倫

吳山青處，恨長安路斷，黃塵如霧。
荊楚西來行塹遠，北過淮堧嚴扈。
九塞貔貅，三關虎豹，空作陪京固。
天高難叫，若為得訴忠語。
追念江左英雄，
中興事業，枉被奸臣誤。
不見翠華移蹕處，枉負吾皇神武。

「吳山青處」三句－從江南的吳山北望，烽煙黃塵瀰漫，往汴京去的道路已經不通。

淮堧嚴扈－即淮河上的宋金邊界，戒備森嚴。

「九塞貔貅」三句－邊界上的要塞、關口，都有勇猛善戰的戰士在守衛著；況且，我們不僅只是為了邊防，而且還要進攻中原，收復失去的國土。九塞，出自《呂氏春秋．有始》。貔貅，猛獸名，借指勇士。三關，原為宋、金邊界上的三個關隘，亦泛指宋、金邊防的關口。陪京，即陪都，指建康（南京）。

擊楫憑誰，問籌無計，何日寬憂顧。
倚筇長嘆，滿懷清淚如雨。

天高難叫—皇帝高絕難通，怎樣才能向他訴說報國的決心呢？

江左英雄—指中興名將岳飛。

「不見翠華」二句—不見徽、欽二宗移蹕的所在（汴京），使皇帝空有神武的威名，不圖恢復中原、就不能稱之為有為之君。

「擊楫憑誰」二句—誰能如當年擊楫中流的祖逖那樣，擔當起北伐重任，揮師中原呢？問籌，謀劃。

寬憂顧—寬解自己的憂念顧慮。

倚筇—拄著筇杖。筇是一種竹子，節高中實，可做手杖。

柳梢青

◎岳陽樓

戴復古

袖劍飛吟，洞庭青草，秋水深深。
萬頃波光，岳陽樓上，一快披襟。
不須攜酒登臨，問有酒、何人共斟？
變盡人間，君山一點，自古如今。

岳陽樓—江南三大名樓之一，位於湖南省岳陽市西門城頭。

袖劍飛吟—帶著寶劍，昂首高吟。據說呂洞賓醉飲岳陽樓，留詩云：「朝遊南浦暮蒼梧，袖裡青蛇膽氣粗。三入洞庭人不識，朗吟飛過洞庭湖。」

一快披襟—披開衣襟，十分暢快。出自宋玉〈風賦〉。楚襄王遊於蘭臺之宮，有風颯然而至，王乃披襟當之，曰：「快哉此風！」

攜酒登臨—帶著酒登高臨遠。

「變盡人間」三句—人世雖無窮無化，君山則自古至今，依然如故。

水調歌頭◎題李季允侍郎鄂州吞雲樓

戴復古

輪奐半天上，勝概壓南樓。
籌邊獨坐，豈欲登覽快雙眸。
浪說胸吞雲夢，
直把氣吞殘虜，西北望神州。
百載一機會，人事恨悠悠。
騎黃鶴，賦鸚鵡，謾風流。
岳王祠畔，楊柳煙鎖古今愁。

李季允—名埴，曾任禮部侍郎。

吞雲樓—當時鄂州名樓。

輪奐—高大華美的樣子。

南樓—指安遠樓，在武昌黃鶴山上。

雲夢—楚地大澤，方圓幾百里。

「百載一機會」二句—詞作於一二二一年，渡江已近百年，終於有了與金作戰接連獲勝的大好形勢，可謂「百年一機會」，可是苟且偷安的南宋朝廷卻不能抓住這個好機會，一舉收復中原，眼見勝勢漸去，英雄亦失去了建功立業、

整頓乾坤手段，
指授英雄方略，雅志若為酬。
杯酒不在手，雙鬢恐驚秋。

實現抱負的契機，所以詞人不禁嘆道「人事恨悠悠」。

騎黃鶴—唐人崔顥登上黃鶴樓，大筆揮下「昔人已乘黃鶴去，此地空餘黃鶴樓」名篇。

賦鸚鵡—漢文學家禰衡在〈鸚鵡賦〉中寫當時有志之士希望能同自由的鸚鵡那樣「嬉遊高峻，棲時幽深」。

岳王祠—指抗金名將岳飛慘死於風波亭，直至宋寧宗時被追封為鄂王，建立祠廟。

若為酬—怎麼能夠實現。

水調歌頭　◎題劍閣

崔與之

萬里雲間戍，立馬劍門關。亂山極目無際，直北是長安。人苦百年塗炭，鬼哭三邊鋒鏑，天道久應還。手寫留屯奏，炯炯寸心丹。對青燈，搔白髮，漏聲殘。老來勳業未就，妨卻一身閒。

劍閣—在四川大小劍山之間，相傳係諸葛亮所築。

萬里—寫地域之遠。

雲間—寫地勢之高。

劍門關—為川陝間重要關隘，是兵家必爭之地。

長安—此借指汴京。

三邊—漢代幽、并、梁三州，泛指邊界。

鋒鏑—鋒，刀口。鏑，箭頭。泛指兵器。

梅嶺綠陰青子，蒲澗清泉白石，
怪我舊盟寒。
烽火平安夜，歸夢到家山。

梅嶺—大庾嶺，五嶺之一，位於贛、粵邊界。

蒲澗—在廣州白雲山，作者曾隱居此地。

舊盟寒—背信棄義之意。

虞美人

黃機

十年不作湖湘客，亭堠催行色。淺山荒草記當時，篠竹籬邊羸馬、向人嘶。

書生萬字平戎策，苦淚風前滴。莫辭衫袖障征塵，自古英雄之楚、又之秦。

亭堠—亦作「亭侯」。古代邊境上用以瞭望和監視敵情的崗亭、土堡。

篠竹—即細竹子。亦稱箭竹。

羸—瘦弱的意思。

「自古」二句—慨嘆行蹤無定，飄泊四方。

滿江紅

黃機

萬灶貔貅，便直欲、掃清關洛。
長淮路、夜亭警燧，曉營吹角。
綠鬢將軍思下馬，黃頭奴子驚聞鶴。
想中原、父老已心知，今非昨。
狂鯢剪，於菟縛；單于命，春冰薄。
正人人自勇，翹關還槊。
旗幟倚風飛電影，戈鋋射月明霜鍔。

萬灶—形容軍隊之多。
貔貅—猛獸名，勇猛軍隊的代稱。
關洛—關中，今陝西和洛水一帶。
長淮路—指淮河地區。淮河是宋、金的分界線。
夜亭警燧—夜裡前哨嚴密地警戒著。燧，烽火。
綠鬢—黑髮。比喻壯年。
下馬—投降。
黃頭—戴黃色帽子的水軍，泛指敵軍。
奴子—奴僕，對敵人蔑視的稱謂。
鶴—指風聲鶴唳。
狂鯢剪—消滅敵人。鯢，大魚名，喻金國。

且莫令、榆柳塞門秋，悲搖落。

於菟—虎的別名，借指金國，斥為虎狼之國。

翹關還槊—拿起武器打敵人。翹關，舉關。還，同「旋」，盤弄。槊，長柄的矛。

飛電影—形容旗幟疾飄。

「戈鋋」句—兵器在月光照耀下，刀鋒顯得明亮如霜。鋋為長矛類武器。鍔為刀鋒。

榆柳塞門—指北方邊塞。北方邊塞多生叢榆紅柳，故言。

霜天曉角 ◎儀真江上夜泊

黃機

寒江夜宿，長嘯江之曲。
水底魚龍驚動，風卷地，浪翻屋。
詩情吟未足，酒興斷還續。
草草興亡休問，功名淚，欲盈掬。

儀真—現江蘇省儀征市，地處南京和鎮江之間長江向北彎曲處，是當時南宋的前線，多次受到金兵騷擾和占據。

嘯—暗示黃機奔走無果、壯志難伸的滿腔悲憤。

草草—草率。

盈掬—滿握，形容淚水多。

風入松

俞國寶

一春長費買花錢，日日醉花邊。
玉驄慣識西湖路，驕嘶過、沽酒壚前。
紅杏香中簫鼓，綠楊影裡鞦韆。

暖風十里麗人天，花壓鬢雲偏。
畫船載取春歸去，餘情付、湖水湖煙。
明日重扶殘醉，來尋陌上花鈿。

一春—整個春天。

玉驄—毛色青白相間的馬。

沽酒—買酒。

簫鼓—簫與鼓。泛指樂奏。

「暖風」句—化用杜甫〈麗人行〉「三月三日天氣新，長安水邊多麗人」及杜牧〈贈別〉「春風十里揚州路」詩句。

花鈿—以珠寶裝飾的花形首飾。此指佩戴花鈿的美女。

沁園春

◎夢孚若

劉克莊

何處相逢？登寶釵樓，訪銅雀臺。喚廚人斫就，東溟鯨膾；圉人呈罷，西極龍媒。天下英雄，使君與操，餘子誰堪共酒杯？車千乘，載燕南趙北，劍客奇才。

飲酣畫鼓如雷，誰信被晨雞輕喚回。

孚若—方信孺字孚若，是劉克莊的同鄉，也是志同道合的朋友。力主抗金，曾三次出使金國，在金朝統治者以死相威脅的情況下，大義凜然，見《宋史．方信孺傳》。

寶釵樓—漢武帝時所建，是宋代的名樓，舊址在今陝西省咸陽市。

銅雀臺—三國時曹操所建。

喚廚人斫就—叫廚師把柴砍好。

東溟鯨膾—東海鯨魚的魚肉絲。

圉人—負責養馬的人。

龍媒—指駿馬。

天下英雄，使君與操—曹操曾對劉備說：天下英雄只有您和我。使君，漢代稱州刺史為使君，後來成了對州郡長官的尊稱。劉備當時為豫州牧，所以稱使君。

燕南趙北—燕趙之間。燕趙指戰國時期的燕國趙國，今天河北省、

歎年光過盡，功名未立；
書生老去，機會方來。
使李將軍遇高皇帝，
萬戶侯何足道哉！
披衣起，但淒涼感舊，慷慨生哀。

山西省一帶。歷史上這裡多劍客豪俠之士。

「使李將軍」二句——這幾句話出自《史記·李將軍列傳》，漢文帝對李廣說：「惜乎，子不遇時。如令子當高帝時，萬戶侯豈足道哉！」是說，假使李廣生在漢高祖開基創業的時代，封萬戶侯不在話下。使，假使。李將軍，指漢代名將李廣，詞裡代指孚若，也用來自比。

賀新郎 ◎送陳真州子華

劉克莊

北望神州路，試平章、這場公事，
怎生分付？
記得太行山百萬，曾入宗爺駕馭。
今把作握蛇騎虎。君去京東豪杰喜，
想投戈下拜真吾父。
談笑裡，定齊魯。
兩河蕭瑟惟狐兔。

陳真州—陳韡，字子華，時知州兼淮南東路提點刑獄，懂軍事，善策畫。

神州路—指中原淪陷地區。

平章—評論。

公事—指衛國抗金的大事。

「記得太行」二句—自靖康以來，中原之民不從金者，聚集在太行山。後為宗汝霖（澤）收用，宗爺即宗澤，北宋末年抗金名將，金人稱其為「宗爺爺」。

把作—當作。

握蛇騎虎—比喻危險。

「想投戈」句—《宋史》載，張用在江西起事，岳飛以書曉喻，張用得書說：「真吾父也。」即投降。

兩河—指河北東路、西路，當時為金統治區。

問當年、祖生去後，有人來否？
多少新亭揮淚客，誰夢中原塊土？
算事業須由人做。
應笑書生心膽怯，
向車中、閉置如新婦。
空目送、塞鴻去。

祖生—祖逖。東晉名將祖逖曾擊敗石勒，收復黃河以南。此借指宗澤、岳飛等曾在中原抗金的名將。

新亭揮淚—指東晉王導、謝安在新亭灑淚，於事無補。

塊土—國土。

閉置如新婦—意指自己被閒置後方。

木蘭花

◎戲呈林節推鄉兄

劉克莊

年年躍馬長安市，客舍似家家似寄。
青錢換酒日無何，紅燭呼盧宵不寐。
易挑錦婦機中字，難得玉人心下事。
男兒西北有神州，莫滴水西橋畔淚。

林推—姓林的推官，詞人的同鄉。
節推—指節度推官，宋朝州郡的佐理官。
長安—借指臨安。
客舍—此處借指酒樓妓館。
寄—客居。
青錢—銅錢。
日無何—每天無所事事。
呼盧—古時一種賭博遊戲。
錦婦機中字—用蘇蕙織錦事，比喻妻子對丈夫的思念深情。
水西橋—此處指妓女居住的地方。

清平樂 ◎五月十五夜玩月

劉克莊

風高浪快，萬里騎蟾背。
曾識姮娥真體態，素面原無粉黛。
身遊銀闕珠宮，俯看積氣濛濛。
醉裡偶搖桂樹，人間喚作涼風。

蟾—蟾蜍。此指月亮。
姮娥—奔月之嫦娥。
素面—不搽脂粉。
粉黛—婦女的裝飾品。
積氣濛濛—層層雲霧迷迷茫茫。

賀新郎 ◎九日

劉克莊

湛湛長空黑。更那堪、斜風細雨，亂愁如織。老眼平生空四海，賴有高樓百尺。看浩蕩千崖秋色。白髮書生神州淚，盡淒涼不向牛山滴。追往事，去無跡。

九日－指農曆九月九日重陽節。

湛湛－水深貌。

空四海－望盡了五湖四海。

高樓百尺－指愛國志士登臨之所。

白髮書生－指作者自己。

牛山滴淚－謂丈夫不應無謂灑淚。

少年自負凌雲筆。
到而今、春華落盡，滿懷蕭瑟。
常恨世人新意少，
愛說南朝狂客，把破帽年年拈出。
若對黃花孤負酒，
怕黃花也笑人岑寂。
鴻北去，日西匿。

凌雲筆—謂筆端縱橫，氣勢干雲。

南朝狂客—晉孟嘉為桓溫參軍，於重陽節共登龍山，風吹帽落而不自覺。

拈出—拿出來。

岑寂—高而靜。

西匿—西斜。匿，隱藏。

滿江紅

◎夜雨涼甚，忽動從戎之興

劉克莊

金甲雕戈，記當日、轅門初立。
磨盾鼻、一揮千紙，龍蛇猶濕。
鐵馬曉嘶營壁冷，樓船夜渡風濤急。
有誰憐，猿臂故將軍，無功級。
平戎策，從軍什。
零落盡，慵收拾。
把茶經、香傳，時時溫習。

轅門初立—開始擔任軍門工作。轅門即軍門，指李珏帥府。

磨盾鼻—在盾鼻上磨墨。盾鼻是盾中央的紐。據《北史·荀濟傳》：「會盾上磨墨作檄文」。

「**鐵馬**」二句—出於陸游〈書憤〉詩：「樓船夜雪瓜洲渡，鐵馬秋風大散關。」表現壯闊的戰鬥場面和肅殺的氣氛。

「**有誰憐**」三句—借用「李廣難封」的典故說明自己雖曾躊躇滿志，而終於無功而歸，怨憤之情，溢於言表。

平戎策—指作者屢有奏疏陳述抗敵恢復方略。

生怕客談榆塞事，且教兒誦花間集。

嘆臣之壯也不如人，今何及。

從軍什——記錄軍中生活，有如勒石記功。

「生怕」二句——表面上是說詩人已作終老之想，無意復問邊事，而用描寫美女與愛情的《花間集》來教導兒女。榆塞，《漢書．韓安國傳》說邊境上「累石為城，樹榆為塞。」「榆塞」便成了邊界的代名詞。

「嘆臣之壯也」二句——《左傳》僖公三十年載：燭之武對鄭文公說：「臣之壯也，猶不如人；今老矣，無能為也已。」表面上怨嘆流年，實際上是感嘆壯志未酬。

憶秦娥

劉克莊

梅謝了，塞垣凍解鴻歸早。
鴻歸早，憑伊問訊，大梁遺老。
浙河西面邊聲悄，淮河北去炊煙少。
炊煙少，宣和宮殿，冷煙衰草。

梅謝了－梅花凋落，正當柳垂金絲的早春。
塞垣－指北方的邊塞地區。
鴻－即鴻雁，是一種候鳥。
憑伊－指憑借大雁。
問訊－問候，慰問。
大梁遺老－中原父老、北宋遺民。大梁是戰國時的魏都，北宋時的都城汴京。
淮河北去－指淮河以北地區，當時被金兵占據。
炊煙－指烹煮飯菜形成的煙氣。
宣和宮殿－借指故國宮殿。宣和是宋徽宗年號。

一剪梅 ◎余赴廣東實之夜餞於風亭

劉克莊

東縕宵行十里強。
挑得詩囊，拋了衣囊。
天寒路滑馬蹄僵，
元是王郎，來送劉郎。
酒酣耳熱說文章。
驚倒鄰牆，推倒胡床。
旁觀拍手笑疏狂。
疏又何妨，狂又何妨？

余赴廣東—這一次劉克莊是到廣東潮州去做通判（州府行政長官的助理）。

實之—王邁，字實之，劉克莊好友。

東縕—用亂麻搓成火把。

宵行—由《詩經·召南·小星》「肅肅宵征，夙夜在公」轉化而來，暗示遠行勞苦之意。

詩囊—裝詩書的袋子。

元—通「原」。

王郎—指王實之。

劉郎—指作者自己。唐代劉禹錫多次被貶，自稱「劉郎」，此暗用其意。

胡床—一種可以折疊的輕便坐具，即交椅。

水調歌頭　◎八月上浣解印別同官席上賦

劉克莊

半世慣歧路，不怕唱陽關。
朝來印綬解去，今夕枕初安。
莫是散場優孟，
又似下棚傀儡，脫了戲衫還。
老去事多忘，公莫笑師丹。
筆端花，胸中錦，兩消殘。
江湖水草空曠，何必養天閒。

歧路—借指世途的迷茫、失意。

印綬—指印信和繫印信的絲帶，古人印信上繫有絲帶，佩戴在身上，後又借指官爵。印信者，是政府機關的各種印章、公私印章的總稱。

散場優孟—指戲劇等文娛演出結束，演員下場，觀眾散開離去。優孟，春秋時楚藝人優孟，滑稽多智，擅長諷諫。楚相孫叔敖死後，其子窮困無依，優孟著敖衣冠，仿其神態見楚莊王。莊王大驚，優孟乃趁機諷諫，使孫叔敖之子得到封地，保有富貴。後指代演員。

久苦諸君共事，
更盡一杯別酒，風露夜深寒。
回首行樂地，明日隔雲山。

下棚傀儡—傀儡，木偶戲中用來表演的木偶。後比喻沒有主見，任人支配、操縱的人或組織。下棚，指演出結束。

戲衫—戲服。

公莫—舞曲名。

筆端花—妙筆生花，形容文章作得好。

天閑—皇帝養馬的地方。

長相思

劉克莊

勸一杯，復一杯。
短鍤相隨死便埋。
英雄安在哉。
眉不開，懷不開。
幸有江邊舊釣臺。
拂衣歸去來。

短鍤相隨—劉伶字伯倫，沛國人也。身長六尺，容貌甚陋。放情肆志，常以細宇宙齊萬物為心。澹默少言，不妄交遊，與阮籍、嵇康相遇，欣然神解，攜手入林。初不以家產有無介意。常乘鹿車，攜一壺酒，使人荷鍤而隨之，謂曰：「死便埋我。」鍤，鍬。

八聲甘州 ◎陪庾幕諸公遊靈巖

吳文英

渺空煙四遠，是何年、青天墜長星？幻蒼崖雲樹，名娃金屋，殘霸宮城。箭徑酸風射眼，膩水染花腥。時靸雙鴛響，廊葉秋聲。

宮裡吳王沉醉，倩五湖倦客，獨釣醒醒。問滄波無語，華髮奈山青。

庾幕—幕府僚屬的美稱。此指蘇州倉臺幕府。

靈巖—又名石鼓山，在今江蘇蘇州市西南。山頂有靈巖寺，相傳為吳王夫差所建館娃宮遺址。

「是何年」五句—不知何年天上墜下彗星，化作青山叢林，讓霸主在這裡建宮室，安排金屋給美人住。名娃，指美女，此處指西施。殘霸，指春秋時吳王夫差。

箭徑酸風射眼—箭徑，即採香徑。酸風射眼，指冷風刺眼。

膩水染花腥—花朵染上脂粉水的香味。膩水，宮女濯妝的脂粉水。

「時靸雙鴛響」二句—當時宮女走廊裡步履聲不斷，如今卻只聽得秋風吹落葉的聲響。靸，沒有後跟的拖鞋，此處作動詞。雙鴛，婦女穿的鞋子，廊，指響屧廊。

水涵空、闌干高處，
送亂鴉、斜日落漁汀。
連呼酒，上琴臺去，秋與雲平。

「倩五湖倦客」二句—只有寄託江湖、棄官不做的范蠡才是清醒的。五湖倦客，指范蠡。獨釣，借指隱居生活。醒醒，清楚、清醒。

華髮奈山青—山色總是青的，無奈自己已年老髮白了。

涵空—指水映天空。

漁汀—水邊捕魚的地方。

琴臺—地名，在靈巖山上，吳國遺跡。

秋與雲平—形容滿天秋色。

水調歌頭 ◎平山堂用東坡韻

方岳

秋雨一何碧，山色倚晴空。江南江北愁思，分付酒螺紅。蘆葉蓬舟千重，菰菜蓴羹一夢，無語寄歸鴻。醉眼渺河洛，遺恨夕陽中。

蘋洲外，山欲暝，斂眉峰。人間俯仰陳跡，嘆息兩仙翁。

平山堂—在今揚州西北蜀崗上，為歐陽修所建。

碧—形容秋雨。

分付酒螺紅—即藉酒澆愁之意。螺紅，紅色的螺杯。

「蘆葉蓬舟」二句—表明詞人正在行旅途中，蓬舟一葉穿過重重蘆葉，菰菜蓴羹的美味僅存於記憶中。菰菜即茭白。蓴羹，用蓴菜烹煮的羹。

歸鴻—南歸的大雁。

夕陽—此為南宋小王朝的象徵。

人間俯仰陳跡—用王羲之〈蘭亭

不見當時楊柳，
只是從前煙雨，磨滅幾英雄。
天地一孤嘯，匹馬又西風。

集序〉的典故，慨嘆自身盛年易逝，壯志盡付東流。

兩仙翁—指歐陽修和蘇軾。

當時楊柳—歐陽修建平山堂後，曾手植柳一株，人稱歐公柳。

匹馬—有作者自喻意。

沁園春 ◎丁酉歲感事

陳人杰

誰使神州，百年陸沉，青氈未還？悵晨星殘月，北州豪傑；西風斜日，東帝江山。劉表坐談，深源輕進，機會失之彈指間。傷心事，是年年冰合，在在風寒。

說和說戰都難，算未必江沱堪宴安。

丁酉歲—宋理宗嘉熙元年（一二三七）前後，蒙古滅金，發兵南侵攻宋。宋大片土地失陷，宋廷驚慌。其時宋廷已腐敗不堪，無力回天。

陸沉—無水而沉淪的意思，比喻土地淪陷。

青氈—喻中原故土，將敵方比作盜賊，說國土遭掠奪後，沒有歸還。

東帝—喻岌岌可危的南宋。

劉表坐談—典故來自《三國志》。劉備勸荊州牧劉表襲許昌，劉表不聽，坐失良機。

深源—是東晉殷浩的字，他雖都督五州軍事，但只會大發議論，名不符實。這裡用比草率用兵的冒進者。

在在—即處處。

歎封侯心在，鱣鯨失水；
平戎策就，虎豹當關。
渠自無謀，事猶可做，
更剔殘燈抽劍看。
麒麟閣，豈中興人物，不畫儒冠。

冰合、風寒—比喻南宋遭北方強敵的不斷威脅和進攻。

江沱—代指江南。

宴安—享樂安逸的意思。

鱣鯨—體型巨大的魚。

「麒麟閣」三句—漢宣帝號稱中興之主，曾命畫霍光等十一位功臣的肖像於未央宮內麒麟閣上，以表揚其功績。作者說，難道只有武將們才能為國家建功立業，讀書人（儒冠）的肖像就不能畫在麒麟閣上嗎？

賀新郎 ◎遊西湖有感

文及翁

一勺西湖水，渡江來，
百年歌舞，百年酣醉。
回首洛陽花石盡，煙渺黍離之地。
更不復、新亭墮淚。
簇樂紅妝搖畫舫，
問中流，擊楫何人是？
千古恨，幾時洗？

一勺—比喻西湖湖小水淺。

「百年」二句—兩個排比句，揭露南宋歷朝君王保守腐朽生活。

「回首」二句—想像「洛陽花石」和「黍離之地」盛衰對比。

新亭—又名勞勞亭，建於三國吳時，位於南京。當年東晉渡江後，貴族每逢春光明媚的時節，便登上新亭賞景飲酒。

簇樂—多種樂器一起演奏。

千古恨—指宋徽宗、宋欽宗被金人擄走的靖康之恥。

澄清志—見《後漢書．范滂傳》：「滂登車攬轡，慨然有澄清天下之志。」

餘生自負澄清志。
更有誰、磻溪未遇，傅巖未起。
國事如今誰倚仗，衣帶一江而已。
便都道、江神堪恃。
借問孤山林處士，
但掉頭、笑指梅花蕊。
天下事，可知矣。

磻溪未遇、傅巖未起—用姜太公遇周文王和殷高宗重用傅說的典故，指明必須起用賢才，才能振興救國。磻溪，指姜太公在磻溪垂釣，遇周文王而拜相的故事。傅巖，相傳傅說原是傅巖地方的一個築版的奴隸，後成了商王武丁重用的大臣。

「國事」二句—腐敗不堪的南宋王朝，不懂得依靠人力，而只想倚仗長江天險，這是種盲目求安的心理。

孤山林處士—指北宋初年的高士林逋，他隱居在西湖的孤山，種梅養鶴，一生不做官。

聞鵲喜 ◎吳山觀濤

周密

天水碧，染就一江秋色。
鰲戴雪山龍起蟄，快風吹海立。
數點煙鬟青滴，一杼霞綃紅濕。
白鳥明邊帆影直，隔江聞夜笛。

吳山—又名胥山，俗稱城隍山，在杭州西湖東南，錢塘江西北。

鰲戴—《列子・湯問》載，遠古時，渤海之東漂浮著五座大山，山上仙人受顛簸之苦，奏天帝。天帝命北海神禺強使十五巨鰲舉頭以戴之，五山穩峙不搖。

快—有痛快爽快意。

煙鬟—形容山如髮鬟。

一杼霞綃—形容霞光似織錦。杼，織布機的梭子。

白鳥—白色羽毛的鳥。這裡當是水鳥，鷗鷺之類。

明邊—指天邊帆影與紅霞白鳥相映而言。

江城子

盧祖皋

畫樓簾幕捲新晴。掩銀屏，曉寒輕。
墜粉飄香，日日喚愁生。
暗數十年湖上路，能幾度，著娉婷？
年華空自感飄零。擁春酲，對誰醒？
天闊雲閒，無處覓簫聲。
載酒買花年少事，渾不似，舊心情。

畫樓—雕飾華麗的樓房。

銀屏—鑲銀的屏風。

墜粉—指落花。

娉婷—姿態美好的樣子。這裡借指美人。

酲—醉酒。

柳梢青 ◎春感

劉辰翁

鐵馬蒙氈，銀花灑淚，春入愁城。
笛裡番腔，街頭戲鼓，不是歌聲。
哪堪獨坐青燈，想故國高臺月明。
輦下風光，山中歲月，海上心情。

鐵馬蒙氈—戰馬披上了禦寒的氈子，指侵入杭州的蒙古騎兵。鐵馬，指戰馬。
銀花—銀色燦爛的花燈。
愁城—借指臨安。
笛裡番腔—笛子吹出了外族的腔調。番，古時對外族的稱呼。
街頭戲鼓—街頭舞動的是元人的大鼓。
青燈—光線青熒的油燈。借指孤寂、清苦的生活。
高臺—高的樓臺，比喻京城。
輦下風光—故國的都城風光。輦下，指京城。
山中歲月—隱居山中的日子。
海上心情—臨安淪陷，南宋的愛國志士多從海上逃亡，在福建、廣東一帶參加抗元活動。

念奴嬌 ◎驛中言別

鄧剡

水天空闊，
恨東風，不惜世間英物。
蜀鳥吳花殘照裡，忍見荒城頹壁。
銅雀春情，金人秋淚，
此恨憑誰雪？
堂堂劍氣，斗牛空認奇傑。
哪信江海餘生，

驛中言別─詞作於鄧剡和文天祥被押送燕京途中，時經金陵，鄧剡因病留治，作詞與文天祥告別。驛，指金陵驛館。

不惜─不助。

英物─英雄人物。這裡指南宋抗元的將軍們。

蜀鳥─指杜鵑鳥，傳說是蜀帝杜宇的魂靈變成的，啼聲淒苦。

吳花─指金陵的花。

銅雀句─杜牧〈赤壁〉：「東風不與周郎便，銅雀春深鎖二喬。」暗指上天不讓南宋抗金順利。

金人秋淚─李賀〈金銅仙人辭漢歌序〉：「魏明帝青龍元年八月，詔宮官牽車西取漢孝武捧露盤仙人，欲立置前殿，宮官既折盤，仙人臨載，乃潸然淚下。」這裡指南宋文物寶器被敵人劫運一空。

南行萬里，屬扁舟齊發。正為鷗盟留醉眼，細看濤生雲滅。睨柱吞嬴，回旗走懿，千古衝冠髮。伴人無寐，秦淮應是孤月。

「堂堂劍氣」二句－上句讚美寶劍的光芒直沖斗牛，下句是說辜負了寶劍把自己認作豪傑的期望。斗牛，二十八宿之斗、牛二宿。

江海餘生－指作者兵敗後，投海不死被俘。

「正為」句－暗指結交抗元志士而苟活。

「細看」句－指暗地觀察形勢，待時而起。

「睨柱吞嬴」三句－歌頌藺相如、諸葛亮抗敵的英勇行為。作者借以表示自己堅決不妥協的態度。睨柱吞嬴，是說藺相如持璧睨柱的豪氣壓倒秦王。諸葛亮死後，司馬懿追趕，姜維反旗鳴鼓，司馬懿退走。

唐多令

鄧剡

雨過水明霞，潮回岸帶沙。
葉聲寒、飛透窗紗。
堪恨西風吹世換，更吹我，落天涯。
寂寞古豪華，烏衣日又斜。
說興亡、燕入誰家？
只有南來無數雁，和明月、宿蘆花。

水明霞—彩霞照亮了水面。

西風吹世換—以季節變換暗示朝代的更替。

天涯—比喻極遙遠的地方。

豪華—用形容詞代指金陵，因其是六朝京城，以豪華著稱。

酹江月◎和友驛中言別

文天祥

乾坤能大，算蛟龍，元不是池中物。風雨牢愁無著處，哪更寒蟲四壁。橫槊題詩，登樓作賦，萬事空中雪。江流如此，方來還有英傑。堪笑一葉漂零，

「乾坤能大」三句—以蛟龍暫屈池中、終當飛騰為喻，表示雖遭囚禁而猶志向遠大。

「橫槊題詩」三句—追念昔日轉戰東南的戎馬生活，痛惜抗元戰鬥失敗。

「江流如此」二句—寄希望於將來，對國家的復興不抱悲觀態度。

重來淮水，正涼風新發。
鏡裡朱顏都變盡，只有丹心難滅。
去去龍沙，江山回首，
一線青如髮。
故人應念，杜鵑枝上殘月。

「去去龍沙」三句—人漸北去，心終南向，以致頻頻回首，對故國江山無限留戀顧念。龍沙，指北方沙漠。

一線青如髮—語出蘇軾〈澄邁驛通潮閣〉詩：「青山一髮是中原」。

「故人應念」二句—說死後魂將化為杜鵑，當你聽到月夜杜鵑的哀鳴，那便是我「魂兮歸來」。

沁園春 ◎題潮陽張許二公廟

文天祥

為子死孝，為臣死忠，死又何妨？
自光嶽氣分，士無全節；
君臣義缺，誰負剛腸。
罵賊睢陽，愛君許遠，
留得聲名萬古香。
後來者，無二公之操，百煉之鋼。
人生翕欻云亡，好烈烈轟轟做一場。

潮陽—今廣東潮陽縣。唐韓愈曾貶官至此。韓愈曾撰〈張中丞傳後序〉，表彰在安史亂中壯烈殉國的張巡、許遠兩位將軍。潮陽人於當地立雙廟以祀。

光嶽氣分—指國土分裂，即亡國。古人以天地之氣的運轉為國運之兆，氣分則光（日月星）暗嶽（五嶽）崩，兆示國運將終。光嶽，高大的山。

剛腸—指堅貞的節操。

「罵賊」句—張巡接受許遠遜讓固守睢陽城時，每戰罵賊，嚼齒皆碎。城破被俘，當面痛罵叛軍，被刀抉其口，流血不止，仍罵聲不絕。

後來者—指以後的士大夫。

翕欻—形容迅速。即倏忽，如火

使當時賣國，甘心降虜，
受人唾罵，安得留芳？
古廟幽沉，儀容儼雅，
枯木寒鴉幾夕陽。
郵亭下，有奸雄過此，仔細思量。

光之一現。
云亡—死去。「云」字無義。
古廟—此指潮陽祭祀張巡許遠的雙廟。
儀容—指張、許兩人的塑像。
郵亭—古時設在官道邊供遞送文書及旅客歇宿的館舍。

梅花引

◎荊溪阻雪

蔣捷

白鷗問我泊孤舟，是身留，是心留？心若留時，何事鎖眉頭？風拍小簾燈暈舞，對閒影，冷清清，憶舊遊。舊遊舊遊今在否？花外樓，柳下舟。

荊溪—溪名，在今江蘇宜興，流入太湖。

白鷗—白鷺。

身留—被雪所阻，被迫不能動身而羈留下來。

心留—自己心裡情願留下。

燈暈舞—昏暗的燈光搖晃不定。

舊遊—指昔日漫遊的伴友與遊時的情景。

夢也夢也，夢不到，寒水空流。
漠漠黃雲，濕透木棉裘。
都道無人愁似我，
今夜雪，有梅花，似我愁。

漠漠—密布的樣子。

黃雲—昏黃暗淡之雲。此指下雪時昏黃的天色。

木棉裘—木棉為絮的冬衣。裘，毛皮衣服。

壺中天

◎夜渡古黃河與沈堯道曾子敬同賦

張炎

揚舲萬里，
笑當年底事，中分南北。
須信平生無夢到，卻向而今遊歷。
老柳官河，斜陽古道，
風定波猶直。
野人驚問，浮槎何處狂客。
迎面落葉蕭蕭，

沈堯道—名欽，字堯道，號秋江。

曾子敬—名遇，字子敬，又字心傳。沈、曾二人都是作者的朋友。

舲—有窗的小船。

底事—何事。

「中分」句—原指長江而言，這裡或借指黃河。

須信—須知。

官河—官府開鑿的人工河。

「野人」二句—作者夜渡黃河，以乘槎客自比，而以野人比牽牛。野人，借指河邊的土著居民。桴，編竹木，大者曰筏，小者曰桴。

水流沙共遠，都無行跡。
衰草淒迷秋更綠，唯有閒鷗獨立。
浪挾天浮，山邀雲去，
銀浦橫空碧。
扣舷歌斷，海蟾飛上孤白。

水流沙共遠—河水挾裹著黃沙流向遠方。
都無行跡—完全沒有人跡。
銀浦—銀漢，即天河也。
扣舷歌斷—借用蘇軾〈赤壁賦〉：「扣舷而歌之」詩意。
「**海蟾**」句—舊說月中有蟾蜍，且傳為嫦娥所化。孤白，為月的形狀。

甘州

張炎

◎辛卯歲，沈堯道同余北歸，各處杭越。逾歲，堯道來問寂寞，語笑數日，又復別去，賦此曲，並寄趙學舟

記玉關踏雪事清遊，寒氣脆貂裘。
傍枯林古道，長河飲馬，此意悠悠。
短夢依然江表，老淚灑西州。
一字無題處，落葉都愁。
載取白雲歸去，

辛卯歲，沈堯道同余北歸—元世祖至正辛卯（一二九一年），作者同沈堯道同遊燕京（今北京）後從北歸來。沈堯道，名欽，張炎詞友。

趙學舟—人名，張炎詞友。

「記玉關」句—指北遊的生活。這裡用玉關泛指邊地風光。清遊，清雅遊賞。

貂裘—貂皮製成的衣裘。

長河—此代指黃河。

江表—江南。

「老淚」句—《晉書．謝安傳》載，謝安素重羊曇，安扶病還都時從西州門入。安死，羊曇避而不走此路，一回酒醉，不覺至西州門，慟哭而去。西州，古城名，在今

問誰留楚佩，弄影中洲。
折蘆花贈遠，零落一身秋。
向尋常、野橋流水，
待招來、不是舊沙鷗。
空懷感，有斜陽處，卻怕登樓。

南京市西。

白雲—象徵隱居之所。

「問誰」二句—此抒思友之情。楚佩，《楚辭》中有湘夫人因湘君失約而捐玦遺佩於江邊的描寫，後因用「楚佩」作為詠深切之情誼的典故。中洲，即洲中。

贈遠—贈送東西給遠行的人。

沙鷗—棲息於沙洲上的鷗鳥。舊沙鷗，指志同道合的老朋友。

空懷感—用王粲〈登樓賦〉和辛棄疾〈摸魚兒〉詞意，抒家國之憂。

【卷五】

金元明清詞

滿庭芳　◎中州樂府

吳激

誰挽銀河，青冥都洗，
故教獨步蒼蟾。
露華仙掌，清淚向人沾。
畫棟秋風裊裊，
飄桂子、時入疏簾。
冰壺裡，
雲衣霧鬢，掬手弄春纖。

「誰挽」二句－形容月夜明淨。青冥，天空。

蒼蟾－月亮。古代神話傳說中說月中有蟾蜍，故稱。

「露華」二句－漢武帝造仙人承露銅像，李賀有詩云魏明帝欲西取仙人置於殿前，仙人乃潸然淚下。

「畫棟」三句－化用李賀「畫欄桂樹懸秋香」詩意。

冰壺－月亮。

雲衣霧鬢－指月中美麗的仙女。

春纖－纖美的手指。

厭厭。
成勝賞，
銀盤潑汞，寶鑒披奩。
待不放楸梧，影轉西簷。
座上淋漓醉墨，
人人看，老子掀髯。
明年會，
清光未減，白髮也休添。

厭厭—安靜的樣子。

勝賞—勝境，美境。

「銀盤」句—喻月亮分外皎潔。銀盤，一種承水器。

楸梧—梧桐與楸樹。二木皆逢秋而早凋。

淋漓醉墨—醉中作畫或賦詩，筆墨酣暢。

老子—作者自稱。

掀髯—開懷大笑。

人月圓

◎宴張侍御家有感

吳激

南朝千古傷心事，猶唱後庭花。
舊時王謝，堂前燕子，飛向誰家？
恍然一夢，仙肌勝雪，宮鬢堆鴉。
江州司馬，青衫淚濕，同是天涯。

南朝—借指被滅亡的南宋。

「舊時王謝」三句—化用劉禹錫詩句「舊時王謝堂前燕，飛入尋常百姓家」。

仙肌勝雪—形容美人的肌膚比雪還白。

宮鬢堆鴉—指宮中美人的鬢髮顏色像鴉羽。

「江州司馬」三句—融合白居易詩句「座中泣下誰最多，江州司馬青衫濕」、「同是天涯淪落人，相逢何必曾相識」而來。

驀山溪

張中孚

山河百二，自古關中好。壯歲喜功名，擁征鞍、雕裘繡帽。時移事改，萍梗落江湖，聽楚語，厭蠻歌，往事知多少？

蒼顏白髮，故里欣重到。老馬省曾行，也頻嘶、冷煙殘照。終南山色，不改舊時青。長安道，一回來，須信一回老。

山河百二—指秦地險固，兩萬人足以抵抗諸侯百萬之兵。

關中—函谷關以西。

征鞍—遠征的車馬。

老馬—作者自比。

省—知覺，解會。

「長安道」三句—白居易〈長安道〉中有「君不見，外州客，長安道；一回來，一回老」。

大江東去

◎還都後，諸公見追和赤壁詞，用韻者凡六人，亦復重賦

蔡松年

離騷痛飲，笑人生佳處，能消何物。夷甫當年成底事，空想岩岩玉壁。五畝蒼煙，一丘寒碧，歲晚憂風雪。西州扶病，至今悲感前傑。

追和赤壁詞—即步韻蘇軾〈念奴嬌・赤壁懷古〉詞。

離騷痛飲—是說人生佳處，但能讀離騷飲酒，不需他物。

夷甫—王衍字夷甫，雖位居宰輔卻不論世事，唯雅詠玄虛。

岩岩玉壁—東晉名士王衍，人稱「岩岩清峙，壁立千仞」。

「五畝蒼煙」三句—詞人借描繪歲寒翠竹以自比。寒玉，喻寒竹。風雪，喻憂患。

「西州扶病」二句—引謝安故事。謝安為東晉名臣，文武兼備，有天下之志，淝水大捷後乘勝追擊，一度收復河南失地。然終因位高

我夢卜築蕭閒，覺來岩桂，十里幽香發。塊磊胸中冰與炭，一酌春風都滅。勝日神交，悠然得意，遺恨無毫髮。古今同致，永和徒記年月。

風大招人忌，被迫出鎮廣陵，不問朝政。太元十年，謝安扶病輿入西州，不久病逝。

卜築蕭閒—作者在鎮陽築有蕭閒堂，故自號為蕭閒老人。

塊磊—胸中不平的樣子。

冰與炭—冰炭一冷一熱，不能同器，喻水火中騷亂不寧。

神交—慕名而沒見過面的交往。

永和—晉穆帝司馬聃的年號。意指與諸友相聚，比蘭亭雅集更勝一籌。

臨江仙 ◎雨晴，過邢嵒夫，用舊韻

蔡松年

誰信玉堂金馬客，也隨林下家風。
三杯大道果能通。
相逢開老眼，著我聖賢中。
會意清言窮理窟，人間萬事冥蒙。
暮寒松雪照群峰。
衰顏無處避，只可屢潮紅。

邢嵒夫—與吳激、蔡松年為文章好友。

玉堂金馬—漢代宮中有玉堂、金馬二殿，為學士待詔之處。後亦稱翰林院為「金馬玉堂」。

林下家風—指神情恬淡超脫。

「三杯」句—用李白〈月下獨酌〉：「三杯通大道，一斗合自然。」化用其意。

聖賢—代酒。

清言窮理窟—以清玄之言洞達義理奧妙。清言，即玄言。理窟，義理。

冥蒙—幽暗不明。

潮紅—飲酒時臉上泛起的紅暈。

鵲橋仙 ◎待月

完顏亮

停杯不舉，停歌不發，等候銀蟾出海。
不知何處片雲來，
做許大、通天障礙。
虯髯撚斷，星眸睜裂，唯恨劍鋒不快。
一揮截斷紫雲腰，
仔細看、嫦娥體態。

銀蟾——指月亮。古代神話月中有蟾蜍，而月又有銀輝，因而將「銀蟾」比喻月亮。

許——如此，這樣。

虯髯——卷曲的鬍鬚，特指頰鬚。

星眸——明亮的眼睛。

紫雲——紫色的雲，此指陰雲。

嫦娥——傳說后羿之妻，偷吃西王母賜予后羿不死藥奔月。

念奴嬌

完顏亮

天丁震怒，掀翻銀海，散亂珠箔。
六出奇花飛滾滾，
平填了、山中丘壑。
皓虎顛狂，素麟猖獗，掣斷真珠索。
玉龍酣戰，鱗甲滿天飄落。
誰念萬里關山，
征夫僵立，縞帶占旗腳。

天丁—天兵。一說為天上的六丁神。
銀海—比喻銀河，或喻天。
珠箔—珠簾。
六出奇花—即雪花。
皓虎—白色的老虎。
素麟—白色的麒麟。
「玉龍」二句—雪花漫天飛舞之狀。
關山—泛指關隘。
僵立—因寒冷而凍得僵硬直立。
縞帶—白色生絹帶。此喻雪。

色映戈矛，光搖劍戟，殺氣橫戎幕。
貔虎豪雄，偏裨真勇，非與談兵略。
須拚一醉，看取碧空寥廓。

旗腳—旗尾。
戎幕—行軍作戰時的營帳。
貔虎—喻英武的戰士。貔，一種似虎的野獸。
偏裨—偏將和裨將，是古時將佐的通稱。
兵略—即戰略。

大江東去 ◎用東坡先生韻

趙秉文

秋光一片，
問蒼蒼桂影，其中何物？
一葉扁舟波萬頃，四顧粘天無壁。
叩枻長歌，嫦娥欲下，
萬里揮冰雪。
京塵千丈，可能容此人傑？
回首赤壁磯邊，

大江東去—即〈念奴嬌〉，源自蘇軾赤壁詞〈念奴嬌·赤壁懷古〉中的「大江東去」句。

用東坡先生韻—就是採用蘇軾赤壁詞的原韻。

「問蒼蒼」二句—傳說月中有桂樹。桂影，代指月亮。蒼蒼，無邊無際、空闊遼遠的樣子。

粘天無壁—形容浩渺遼闊，水天相接。粘天，貼近天，彷彿與天相連。

叩枻—槳擊船舷，即搖動船槳。枻，船舷。

京塵—指功名利祿等塵俗之事。

騎鯨人去，幾度山花發。
澹澹長空千古夢，只有歸鴻明滅。
我欲從公，乘風歸去，散此麒麟髮。
三山安在，玉簫吹斷明月。

騎鯨人－李白。他曾自稱海上騎鯨客。此處借指蘇軾。
澹澹－水波蕩漾的樣子。
「散此」句－韓愈〈雜詩〉：「翩然下大荒，被髮散麒麟。」麒麟，古代傳說中的神獸，是吉祥的象徵。麒麟髮，散亂的頭髮。
三山－傳說中的海上三山，方丈、蓬萊、瀛洲，是神仙居所。

水調歌頭

趙秉文

◎昔擬栩仙人王雲鶴贈予詩云：「寄與閒閒傲浪仙，枉隨詩酒墮凡緣。黃塵遮斷來時路，不到蓬山五百年。」其後玉龜山人云：「子前身赤城子也。」予因以詩寄之云：「玉龜山下古仙真，許我天台一化身。擬折玉蓮聞白鶴，他年滄海看揚塵。」吾友趙禮部庭玉說，丹陽子謂予再世蘇子美也。赤城子則吾豈敢，若子美則庶幾焉。尚愧辭翰微不及耳。因作此以寄意焉

四明有狂客，呼我謫仙人。
俗緣千劫不盡，回首落紅塵。
我欲騎鯨歸去，

擬栩仙人—王雲鶴（中立）的別號。

丹陽子—馬鈺（從義）的別號。

蘇子美—北宋文學家蘇舜欽（字子美）。

四明狂客—即唐代才子賀知章，因是四明人，故自號四明狂客。此借指作者的朋友。

千劫—千世。劫為佛教用語，世界經歷若干萬年毀滅一次，稱一劫。

只恐神仙官府，嫌我醉時真。
笑拍群仙手，幾度夢中身。
倚長松，聊拂石，坐看雲。
忽然黑霓落手，醉舞紫毫春。
寄語滄浪流水，
曾識閒閒居士，好為濯冠巾。
卻返天台去，華髮散麒麟。

「我欲」句—「騎鯨人」指李白，傳說李白死後騎鯨歸去，李白也曾自稱「海上騎鯨客」。

神仙官府—源自唐顧況集《王源訣》：「下界功滿方超上界，上界多官府，不如地仙快活。」意思是神仙也不自在，照樣要受管束。

「**嫌我**」句—意指神仙也不自在，倒不如謫去仙籍，反倒自在。

「**忽然**」句—指寫字題詩墨染紙如黑色雲霓一般。作者擅長書法，尤工草體，故有此喻。

紫毫—筆的一種，用紫黑色的獸毛製成。

閒閒居士—乃詞人自號。

天台—在今浙江天台境內，是仙霞嶺的餘脈。

水龍吟

元好問

◎從商帥國器獵於南陽，同仲澤、鼎玉賦此

少年射虎名豪，等閑赤羽千夫膳。金鈴錦領，平原千騎，星流電轉。路斷飛潛，霧隨騰沸，長圍高卷。看川空谷靜，旌旗動色，得意似，平生戰。

城月迢迢鼓角，夜如何，軍中高宴。

商帥國器—指金商州防御史完顏斜烈，名鼎，字國器。

仲澤—王渥字，曾使宋議和，被譽為「中州豪士」。

鼎玉—王鉉。

「少年射虎」二句—西漢李將軍李廣，曾見草中石而以為虎，拉箭猛射，箭頭深沒石中。此處指年二十就以善戰聞名的商帥完顏國器。赤羽千夫膳，用杜甫〈故武衛將軍挽詞〉之二中的一句，原是稱頌將帥的立功塞外之事，此處亦說商帥把這視若等閒。

「金鈴錦領」六句—寫圍獵場面。駿馬金鈴懸頭，錦繡圍脖，在平原奔騰馳騁，如星流電轉，而千騎齊奔，更見其氣勢雄大。高超的射獵技藝，使天上飛禽和水裡游魚的路全斷了，乖乖地來到人

江淮草木，中原狐兔，先聲自遠。
蓋世韓彭，可能只辦，尋常鷹犬。
問元戎早晚，鳴鞭徑去，解天山箭。

們的囊中。白霧緊隨著飛騰的馬嘶，蔚為壯觀；射獵隊伍形成了合圍的陣勢，準備一網打盡入了圍的野物。

旌旗動色—形容軍士們的興奮、激動之情。

迢迢鼓角—鼓角之聲悠長迴盪。

中原狐兔—指代中原大地上的敵軍。

「蓋世」三句—韓指韓信，彭指彭越，都是漢高祖劉邦手下的著名戰將。作者則主張，他們兩人不過只做到平常的走狗罷了。言外之意是，商帥決非此種人物。

「問元戎」三句—唐代大將薛仁貴戰勝九姓突厥於天山，有「將軍三箭定天山」之稱。此指商帥的才略志向，會效薛仁貴三箭定天山、一舉清邊患，此才是將帥本色。

清平樂 ◎太山上作

元好問

江山殘照，落落舒清眺。
澗壑風來號萬竅，盡入長松悲嘯。
井蛙瀚海雲濤，醯雞日遠天高。
醉眼千峰頂上，世間多少秋毫！

太山—泰山。

殘照—落日餘暉。

落落—清晰的樣子。

清眺—悠閒地遠望。

萬竅—指大地上大大小小的孔穴。

「井蛙」二句—意指與泰山的永恆和雄偉相比，人生顯得十分渺小。醯雞，小蟲名，即蠛蠓，常用以形容微小。

「世間」句—《莊子・齊物論》：「天下莫大於秋毫之末，而大山為小。」

水調歌頭 ◎賦三門津

元好問

黃河九天上，人鬼瞰重關。長風怒卷高浪，飛灑日光寒。峻似呂梁千仞，壯似錢塘八月，直下洗塵寰。萬象入橫潰，依舊一峰閒。

仰危巢，雙鵠過，杳難攀。人間此險何用？萬古祕神姦。

三門津—即三門峽，原在今河南省三門峽市東北黃河中，因峽中有三門山而得名。

人鬼—指三峽中的南鬼門和北人門。

重關—形容三門之險。

怒卷—形容長風之力。

日光寒—寫浪之高。

呂梁—山名，在今山西西部。

千仞—極言其高。

錢塘八月—指錢塘江八月十八日最盛大的潮水。

塵寰—塵世。

潰—橫溢泛濫的河水。

一峰—指砥柱山，處三門峽急流中。

危巢—懸崖高處的鳥巢。

鵠—水鳥名，俗稱天鵝。

不用燃犀下照，未必佽飛強射，
有力障狂瀾。
喚取騎鯨客，撾鼓過銀山。

祕神奸－指種種善惡神奇之物。
佽飛－春秋時楚人，曾入江刺殺蛟龍。後泛指勇士。
撾－敲擊。
銀山－洶湧的波濤。代指濤頭。

水調歌頭　◎緱山夜飲

元好問

石壇洗秋露，喬木擁蒼煙。緱山七月笙鶴，曾此上賓天。為問雲間嵩少，老眼無窮今古，夜樂幾人傳。宇宙一丘土，城郭又千年。

一襟風，一片月，酒尊前。王喬為汝轟飲，留看醉時顛。

緱山—今河南偃師東南。

「緱山七月」二句—劉向《六仙傳・王子喬》載王子喬為周靈王太子晉，好吹笙做鳳凰鳴。曾遊伊洛之間，被道人接上嵩山。三十年後，求之於山上，見桓良曰：「告我家，七月七日待我於緱氏山顛。」時至，果乘白鶴駐山頭，舉手謝人，數日而去。

嵩少—嵩岳的少室山。

夜樂—指王子喬吹笙之樂。

轟飲—狂飲，鬧酒。

杳杳白雲青嶂，蕩蕩銀河碧落，
長袖得迴旋。
舉手謝浮世，我是飲中仙。

浮世－人間，人世。舊時認為人世間是浮沉聚散不定的，故稱。

我是飲中仙－杜甫〈飲中八仙歌〉寫李白：「天子呼來不上船，自號臣是飲中仙。」

滿江紅◎過汴梁故宮城

段克己

塞馬南來，五陵草樹無顏色。雲氣黯、鼓鼙聲震，天穿地裂。百二河山俱失險，將軍束手無籌策。漸煙塵、飛度九重城，蒙金闕。

長戈裊，飛鳥絕。原厭肉，川流血。嘆人生此際，動成長別。

汴梁—開封別稱，曾為北宋、金兩朝國都。

塞馬—塞外的騎兵。指元軍。

五陵—長安北有漢代五位皇帝的陵墓，此代指北宋、金故都汴梁。

鼓鼙—指大鼓和小鼓。古代軍中常用的樂器。

天穿地裂—即天崩地裂。喻蒙古大軍入侵，金朝遭受巨大災難。

百二河山—險要的地勢。古人稱函谷關之險，二萬人可以抵擋一百萬。

九重城—宮城，古時天子所居。此指汴梁。

長戈裊—揮動長戈。戈，古代兵器。裊，搖曳。

原厭肉—原野上堆滿了屍體。厭，

回首玉津春色早，雕欄猶掛當時月。

更西來、流水繞城根，空嗚咽。

通「饜」，飽足。

川流血—血流成河。

動成長別—動輒就會彼此永別。

玉津—園名，在開封城南門外，北宋諸帝常幸此。

月上海棠

段成己

老來還我扶犁手，想豪氣十分已無九。都把濟時心，分付與一時英秀。還自笑，潦倒猶堪殢酒。

從前枉被虛名負，何似尊前聖賢友。纖手斫金齏，一嚼不妨時嗅。頹然醉，臥印蒼苔半袖。

扶犁手—喻身強體健的人。

濟時—濟世救時。

英秀—才能卓越的人。

殢酒—沉緬於酒，醉酒。

聖賢友—醉酒。聖、賢分別借指清酒、濁酒。

金齏—指切成細末的精美食物，金齏玉鱠的省稱。

鷓鴣天 ◎贈馭說高秀英

王惲

短短羅袿淡淡妝，拂開紅袖便當場。

掩翻歌扇珠成串，吹落談霏玉有香。

由漢魏、到隋唐，誰教若輩管興亡。

百年總是逢場戲，拍板門槌未易當。

馭說—即說書。

高秀英—當時著名的女說書藝人，生平不詳。

羅袿—古代婦女所穿的華麗的衣服。

當場—又叫作場，指開場說書。

「掩翻」二句—形容說書技藝高超，談吐清雅。珠成串，形容歌喉婉轉如一串珠圓。談霏，形容談吐英爽，如含珠吐玉。

逢場戲—《傳燈錄》：「鄧隱峰云：竿木隨身，逢場作戲。」

拍板門槌—說書時使用的道具。拍板，一種樂器，以木做成，唱歌時用來按拍，調節音律。門槌，蘇軾〈南歌子〉詞：「借君拍板與門槌。」

點絳唇

劉敏中

◎感慰可勝言哉。輒有小詞，錄奉一笑，且以寄企向之意云。劉敏中上

短夢驚回，北窗一陣芭蕉雨。
雨聲還住，斜日鳴高樹。
起望行雲，送雨前山去。
山如霧。
斷虹猶怒，直入山深處。

短夢—短暫的夢。

行雲—流動的雲。

斷虹—殘虹。一半在空中出現，一半被遮掩的彩虹。

鵲橋仙

悠悠萬古，茫茫天宇。
自笑平生豪舉。
元龍盡意臥床高，
渾占得，乾坤幾許。
公家租賦，私家雞黍，
學種東皋煙雨。
有時抱膝看青山，
卻不是，長嘯梁甫。

劉因

豪舉—豪邁的舉動。
元龍—三國時「湖海之士」陳登。
「渾占得」二句—謂陳登雖有豪舉，在廣闊乾坤中卻顯得渺小。
「公家」二句—完成公家租稅，還可以供應自家飲食。雞黍，代指豐盛的飯菜。
東皋—唐詩人王績，自號東皋子。此指隱居之地。皋，水邊的高地。
「有時」三句—諸葛亮躬耕隴畝，作〈梁甫吟〉自比於管仲、樂毅。晨夕常抱膝長嘯。此以諸葛亮自比。

虞美人 ◎浙江舟中作

趙孟頫

潮生潮落何時了？斷送行人老。
消沉萬古意無窮，
盡在長空澹澹鳥飛中。
海門幾點青山小，望極煙波渺。
何當駕我以長風，
便欲乘桴浮到日華東。

浙江—此指錢塘江。

斷送—打發，消磨。

「消沉」二句—化用杜牧〈樂遊原〉：「長空澹澹孤鳥沒，萬古銷沉向此中。」抒發興亡之感。

海門—錢塘江入海口。

駕我以長風—言胸有大志。

「便欲」二句—意謂願意為帝王效力。日華，太陽的光輝，借指太陽。古人常以日喻君。桴，木筏。

念奴嬌 ◎八詠樓

鮮于樞

長溪西注，似延平雙劍，千年初合。
溪上千峰明紫翠，放出群龍頭角。
瀟灑雲林，微茫煙草，極目春洲闊。
城高樓迴，恍然身在寥廓。
我來陰雨兼旬，
灘聲怒起，日日東風惡。
須待青天明月夜，一試嚴維佳作。

八詠樓—原名元暢樓，舊址在浙江金華。因南朝梁沈約曾賦詩八首於樓上，故名八詠樓。

長溪—借指八詠樓南臨之婺江。

「似延平」二句—比喻雙溪匯合，如兩龍（雙劍）纏繞。

「溪上」二句—指婺江兩岸山巒疊嶂，山峰突兀，猶如群龍頭角。

雲林—如雲的樹林。

寥廓—遼遠的天空。

嚴維—字正文，唐代越州人。其

風景不殊，溪山信美，處處堪行樂。
休文何事，年年多病如削。

詩中有「明月雙溪水，清風八詠樓」句，盛傳一時。
風景不殊——讚嘆山河之美。
「休文」二句——謂面對美景，不應身體不佳。

木蘭花慢

◎彭城懷古

薩都剌

古徐州形勝，消磨盡、幾英雄。
想鐵甲重瞳，烏騅汗血，玉帳連空。
楚歌八千兵散，
料夢魂，應不到江東。
空有黃河如帶，亂山起伏如龍。
漢家陵闕動秋風，禾黍滿關中。
更戲馬臺荒，畫眉人遠，燕子樓空。

彭城—西元前二〇六年，楚人項羽滅秦，衣錦還鄉定都彭城。彭城是徐州的古稱。

形勝—地理形勢優越。

鐵甲重瞳—指身披盔甲的項羽。

烏騅—項羽所騎戰馬。

汗血—大宛所產良馬，日行千里，汗出如血。此借以形容項羽所騎名馬。

玉帳連空—形容兵多勢盛。玉帳，軍帳的美稱。

「楚歌」三句—指項羽最後於垓下被圍，因不願再過江東而自刎事。

黃河如帶—宋元時黃河水道尚過徐州，可為軍事屏帳，故云。

「亂山」句—徐州南有雲龍山，相傳宋武帝曾憩息此山，有雲龍

人生百年如寄，
且開懷、一飲盡千鍾。
回首荒城斜日，倚欄目送飛鴻。

旋繞。
漢家陵闕—漢代諸帝陵墓，在今西安附近。
禾黍—關中荒蕪，喻興亡之嘆。
戲馬臺—又名掠馬臺，舊址在今江蘇徐州南。項羽因山築臺，以觀操演兵馬。
畫眉人—據《漢書・張敞傳》記載，京兆尹張敞擅長為婦畫眉，「長安中傳，張京兆眉憮。」此指稱與盼盼交好者。
燕子樓—舊址在徐州城北，唐武寧軍節度使張建封為其愛妾關盼盼所建。
目送飛鴻—晉嵇康〈贈秀才入軍〉：「目送歸鴻，手揮五弦。」

百字令　◎登石頭城次東坡韻

薩都剌

石頭城上，望天低吳楚，眼空無物。指點六朝形勝地，惟有青山如壁。蔽日旌旗，連雲檣櫓，白骨紛如雪。一江南北，消磨多少豪傑。

寂寞避暑離宮，東風輦路，芳草年年發。落日無人松徑冷，鬼火高低明滅。

石頭城—金陵城。故址在今南京清涼山，昔為六朝都城。

「望天低吳楚」二句—放眼望去，天邊連著吳楚，天地相接，一片空曠。吳楚，指今江蘇、浙江一帶。

六朝形勝—指東晉、宋、齊、梁、陳六個朝代地形優越壯美。

「蔽日旌旗」三句—寫戰爭的激烈場面。旌旗，泛指旗幟。檣櫓，桅杆和划船工具，這裡代指船隻。

避暑離宮—在離宮避暑。離宮，皇帝在京城以外的宮室。

輦路—古代宮中皇帝行車的道路。

歌舞尊前，繁華鏡裡，暗換青青髮。
傷心千古，秦淮一片明月。

暗換青青髮——烏黑的頭髮變灰變白。

水龍吟

劉基

雞鳴風雨瀟瀟，側身天地無劉表。
啼鵑迸淚，落花飄恨，斷魂飛繞。
月暗雲霄，星沉煙水，角聲清裊。
問登樓王粲，鏡中白髮，今宵又添多少。
極目鄉關何處，渺青山髻螺低小。
幾回好夢，隨風歸去，被渠遮了。

雞鳴—化用《詩經・風雨》：「風雨瀟瀟，雞鳴膠膠。」

「雞鳴」二句—漢末初平三年，董卓部將李傕、郭汜在長安作亂，大肆燒殺劫掠，百姓遭殃。劉表為荊州刺史，較為安寧，所以很多人到那裡避亂，王粲因為跟劉表是同鄉，兩家有世交，故此去投靠他。劉基感嘆天地之大，竟無像劉表那樣的人可以依附，流露了他的失路之悲。側身，同「廁身」，即置身。劉表，東漢獻帝時荊州刺史。

王粲—字仲宣，三國時人，曾依劉表。作〈登樓賦〉抒寫因懷才

寶瑟弦僵，玉笙指冷，冥鴻天杪。
但侵階莎草，滿庭綠樹，不知昏曉。

不遇而產生的思鄉之情。建安七子之一。
髻螺—盤成螺形的髮髻，喻青山。
被渠遮了—渠，代第三人稱。此處指青山。
冥鴻—高飛的鴻雁。
莎草—草名，又叫香附。

念奴嬌 ◎自述

高啟

策勳萬里，笑書生骨相，有誰曾許？壯志平生還自負，羞比紛紛兒女。酒發雄談，劍增奇氣，詩吐驚人語。風雲無便，未容黃鵠輕舉。

何事匹馬塵埃，

「策勳」二句—立功萬里之外並記功於策。

骨相—骨骼相貌。元至正十二年，高啟二十五歲，有一相士為其相面，說他「腦後骨已隆，眉間氣初黃」，不久將功成名就。高啟作〈贈薛相士〉詩以答。日後回思作此詞。

紛紛—眾多。

風雲無便—言時機未到，無法施展抱負。

黃鵠輕舉—喻高才賢士遠走高飛，建立功業。

「何事」三句—言詞人十六歲作

東西南北，十載猶羈旅？
只恐陳登容易笑，負卻故園雞黍。
笛裡關山，樽前日月，
回首空凝佇。
吾今未老，不須清淚如雨。

詩至〈贈薛相士〉詩已有十年時間，曾遊歷於北郭、青丘、越中一帶，尚未安身立命。

「只恐」句—陳登，三國人，字元龍，多豪氣，身處江湖却有救世之意。此處言自己的退世之思怕為陳登笑話。

笛裡關山—漂泊旅途以笛相伴，或以笛曲《關山月》相伴。

臨江仙◎《二十一史彈詞》第三段說秦漢開場詞

楊慎

滾滾長江東逝水，浪花淘盡英雄。
是非成敗轉頭空。
青山依舊在，幾度夕陽紅。
白髮漁樵江渚上，慣看秋月春風。
一壺濁酒喜相逢。
古今多少事，都付笑談中。

東逝水—江水向東流逝水而去，這裡將時光比喻為江水。

淘盡—蕩滌一空。

幾度—虛指，幾次、好幾次之意。

漁樵—漁父和樵夫。此處作名詞，指隱居不問世事的人。

渚—水中的小塊陸地，此處意為江岸邊。

秋月春風—指良辰美景。也指美好的歲月。

濁酒—用糯米、黃米等釀製的酒，較混濁。

柳梢青

張煌言

錦樣江山，何人壞了，雨嶂煙巒。故苑鶯花，舊家燕子，一例闌珊。

此身付與天頑，休更問、秦關漢關。白髮鏡中，青萍匣裡，和淚相看。

錦樣—繡緞般的。

雨嶂煙巒—形容故國山河破碎，一派烏煙瘴氣之狀。

舊家燕子—暗指燕王朱棣的子孫後代。

一例闌珊—全呈現衰落之象。闌珊，衰落。

天頑—天性頑劣。此指抗清志節不移。

秦關漢關—此指淪陷的明朝江山。

青萍匣裡—劍鞘裡的寶劍。青萍，古代寶劍名。

念奴嬌　◎渡江雪霽

吳易

江天一派，
初日霽，萬樹千山爭白。
銀甲霜戈，
渾認作、縞素三軍橫列。
薪膽君臣，釜舟將士，
酒盡傷時血。
中原何在？問中流古今楫。

江天一派—水天一色。一派，一片。

銀甲霜戈—樹枝披雪的樣子。

縞素三軍—將士們全都穿上了孝服，是軍中統帥或國主逝世時軍中裝束。

薪膽君臣—指越王句踐臥薪嘗膽，發憤圖強，終於滅吳雪恥。

釜舟將士—據《史記．項羽本紀》載，秦末天下諸侯與秦軍對壘，「項羽乃悉引兵渡河，皆沉船，破釜甑，燒廬舍，持三日糧，以示士卒必死，無一還心。」

「問中流」句—東晉初，祖逖任豫州刺史，渡江北伐苻秦，中流

回首北固金焦，
晴光如畫，拱帶金陵業。
虎踞龍盤，
都不信、此日乾坤分裂。
席捲崤秦，長驅幽薊，
試取中興烈。
妙高臺上，他年浩歌一闋。

擊楫而誓曰：「祖逖不能清中原而復濟者，有如大江！」

北固—北固山，在江蘇鎮江北，為江防要塞。

金焦—山名。位於江蘇省丹徒縣西北，與焦山對峙，為江南勝地。也稱為「金焦」。

金陵業—指六朝時期金陵帝王的霸業。

虎踞龍盤—形容金陵帝王的霸業。

乾坤分裂—指明朝滅亡。

崤秦—代指西北地區。

幽薊—幽州和薊州。

中興烈—使朝廷重新興盛的功業，此指反清復明事業。

妙高臺—在金山最高峰妙高峰上，宋僧了然所建。

浪淘沙

成敗論英雄，史筆朦朧。
興吳霸越事匆匆。
畫墨零煙能幾個，人虎人龍。
雙鬢酒杯中，身世萍蓬。
半窗斜月透西風。
夢裡邯鄲還說夢，驀地晨鐘。

吳易

興吳霸越—春秋時吳越爭霸，吳先滅越，越王句踐臥薪嘗膽，勵精圖治，最終滅吳。

「畫墨零煙」二句—意思是能在歷史上留下痕跡的人物，是非常少的。人虎人龍，指傑出的人物。

萍蓬—萍浮蓬飄。喻行踪轉徙無定。

邯鄲還說夢—用邯鄲夢典，指人生短暫，如夢中之夢。

滿江紅　◎白門感舊

吳偉業

松栝凌寒，掛鍾阜、玉龍千尺。
記那日、永嘉南渡，蔣陵蕭瑟。
群帝翱翔騎白鳳，江山縞素觚棱碧。
躧麻鞋、血淚灑冰天，新亭客。
雲霧鎖，臺城戟。
風雨送，昭丘柏。
把梁園宋寢，燒殘赤壁。

白門—指南京。

松栝—松檜。

鍾阜—鍾山，即南京紫金山。

玉龍—此指積雪的樹枝。

永嘉南渡—晉永嘉五年，因戰爭所禍害，北方士族紛紛南渡到南京。

蔣陵—蔣山上三國吳帝孫權陵，在南京鍾山南麓。此借指明朝帝陵荒涼。

群帝—指明末建立政權的朱明皇冑紛紛覆亡。

觚棱—殿堂屋角的瓦脊，因方角棱瓣，故名。

躧麻鞋—趿拉著麻鞋走路。

「雲霧」四句—歷史遺跡如臺城、

破衲重遊山寺冷，天邊萬點神鴉黑。羨漁翁、沽酒一蓑歸，扁舟笛。

昭丘等，都在風雨煙霧中，寓成敗轉頭空之意。

梁園宋寢——梁園，西漢梁孝王東苑。宋寢，宋代帝王寢陵。用以借指明代皇帝在金陵的園林寢宮。

燒殘赤壁——指三國赤壁大戰，火燒赤壁。

神鴉——廟中吃祭品的烏鴉。

永遇樂 ◎雁門關

曹溶

眼底秋山，舊來風雨，橫槊之處。
壁冷沙雞，巢空海燕，各是酸心具。
老兵散後，關門自啟，
脈脈晚愁穿去。
一書生、霜花踏遍，酒腸澀時誰訴。
闌珊鬢髮，蕭條衣帽，
打入唱驪新句。

雁門關—在山西代縣西北，唐於雁門山頂置關，明初移築今址。自古是北方重鎮、兵家必爭之地，也是阻擋外族入侵的要塞。

沙雞—棲息在北方沙漠和草原地帶的一種鳥名。

「老兵」三句—暗示這裡曾為兵燹所苦。

闌珊—是書生的形象寫照，表達內心的苦澀。

驪新句—指驪歌，告別之歌。呼應上片的「酒腸澀時誰訴」，點明此詞創作的動機。

回首神州，重重遮斷，惟有翻空絮。
歲華貪換，刀環落盡，
草際夕陽如故。
嗟同病、南冠易感，登樓莫賦。

神州—即赤縣神州，中國的別稱。戰國齊人鄒衍創立「大九州」學說，謂「中國名曰赤縣神州。赤縣神州內自有九州」。

「歲華」三句—落筆自己的處境。光陰如梭，而自己羈於薄宦，欲歸不能。刀環，典出《漢書‧李陵傳》，漢使用刀環向李陵暗喻歸還。此處「刀環落盡」，則喻戰爭結束，歸家無望矣。

南冠—把自己視為「楚囚」，像王粲倦而思歸，但自己處境如囚徒，還是別寫王粲那樣的〈登樓賦〉為好。

望海潮 ◎獻張六太尉

鄧千江

雲雷天塹，金湯地險，
名藩自古皋蘭。
營屯繡錯，山形米聚，
喉襟百二秦關。
鏖戰血猶殷。
見陣雲冷落，時有雕盤。
靜塞樓頭曉月，依舊玉弓彎。

「雲雷天塹」三句—顯示邊塞的雄偉。雲雷，指軍隊聲威之盛。金湯，金城湯池的的省稱。藩，本意是藩籬，引伸為屏藩內地的邊城。皋蘭，蘭州的舊稱。

繡錯—出自《戰國策・秦策》：「秦韓之地，形相錯如繡。」

米聚—比喻山形陡峭。化用《後漢書・馬援傳》馬援「聚米為山，指畫情勢」之典。

百二秦關—見《史記・高祖本紀》：「秦形勝之國，帶山河之險，懸隔千里，持戟百萬，秦得百二焉。」是說秦地關河險固，易守難攻，二萬人足擋諸侯百萬雄士。

看看，定遠西還。
有元戎閫命，上將齋壇。
區脫晝空，兜鍪夕解，
甘泉又報平安。
吹笛虎牙閒。
且宴陪朱履，歌按雲鬟。
招取英靈，毅魄長繞賀蘭山。

定遠—班超被封為定遠侯。
元戎—指軍事統帥。
閫命—將令。閫，郭門。
齋壇—拜將的壇場。
區脫—匈奴語，指邊疆哨所，此指西夏營壘。
兜鍪—代指士兵。
虎牙—喻將士。
朱履—代指高級門客。

鷓鴣天 ◎題七真洞

耶律楚材

花界傾頽事已遷，浩歌遙望意茫然。
江山王氣空千劫，桃李春風又一年。
橫翠嶂，架寒煙。野花平碧怨啼鵑。
不知何限人間夢，並觸沉思到酒邊。

七真洞—紀念七真的道觀，道家以茅盈、許旌等七人為七真。

花界—香界，指佛寺。此指道觀。

王氣—象徵帝王運數的瑞氣。

千劫—形容時間之久。劫，佛經以大地形成至毀滅為一劫。

平碧—指平蕪。

木蘭花慢 ◎混一後賦

陳允平

望乾坤浩蕩，曾際會、好風雲。想漢鼎初成，唐基始建，生物如春。東風吹遍原野，但無言、紅綠自紛紛。花月流連醉客，江山憔悴醒人。

龍蛇一屈一還伸，未信喪斯文。復上古淳風，先王大典，不貴經綸。

乾坤—《周易》中的兩個卦名，指陰陽兩種對立勢力。一般指天地。

際會—遇合，往往指君臣遇合。

「想漢鼎」二句—指元朝建國開基，統一天下。鼎，古代炊器，多用青銅鑄成，圓形，三足兩耳，盛行於商周時期，漢代仍流行。古代多將之作為立國的重器，作為國家基業政權的象徵。

醒人—由屈原〈漁父〉：「眾人皆醉，而我獨醒」脫化而來。

龍蛇—喻指英雄豪傑，尤其是帝王將相。

斯文—指古代的禮樂制度，也指

天君幾時揮手，倒銀河、直下洗囂塵。鼓舞五華鸑鷟，謳歌一角麒麟。

文人或儒者。

上古—遠古，指有文字以前的時代，一般指秦漢以前。

典—典章、制度。

經綸—整理絲縷，引申為處理國家大事。

「倒銀河」二句—要傾倒天上銀河的水，把世間一切汙濁洗乾淨。

鸑鷟—是一種古代的神奇生物，相傳為瑞鳥。古書中記載，鸑鷟是一種赤目大鳥，外形類似於「梟」。

水龍吟 ◎酹辛稼軒墓在分水嶺下

張野

嶺頭一片青山，可能埋得凌雲氣。
遐方異域，當年滴盡，英雄清淚。
星斗撐腸，雲煙盈紙，縱橫遊戲。
漫人間留得，陽春白雪，
千載下，無人繼。
不見戟門華第，
見蕭蕭竹枯松悴。

分水嶺—在江西鉛山南一公里左右，為辛棄疾墓所在地。

凌雲氣—用來稱讚辛棄疾文辭之美。

「遐方異域」三句—是說辛棄疾帶兵渡淮歸南宋後，受到主和派的阻撓。遐方異域，指邊遠偏僻的地區。

「星斗撐腸」三句—贊揚辛稼軒滿腹才華，筆力萬鈞，揮毫滿紙。

陽春白雪—古代楚國的歌曲名。此處用以比喻辛詞的高深。

戟門華第—寫辛棄疾當時府第的氣派。

問誰料理，帶湖煙景，瓢泉風味。
萬里中原，不堪回首，人生如寄。
且臨風高唱，逍遙舊曲，為先生酹。

帶湖—在江西靈山下，為辛棄疾曾居之地。

瓢泉—在江西鉛山，辛棄疾名之。

南鄉子 ◎邢州道上作

陳維崧

秋色冷并刀，一派酸風捲怒濤。
并馬三河年少客，
粗豪，皂櫟林中醉射雕。
殘酒憶荊高，燕趙悲歌事未消。
憶昨車聲寒易水，
今朝，慷慨還過豫讓橋。

邢州—河北邢臺。

并刀—古并州（山西北部）一帶出產的刀具，以鋒利著稱。

酸風—辛辣刺眼之風。

三河年少客—指好氣任俠之輩。三河，指河東、河內及河南三郡。

荊高—指荊軻和高漸離，兩人都是戰國時代的刺客。

燕趙悲歌—指荊、高送別事。

易水—河名，在河北易縣附近。

豫讓—春秋時晉智伯家臣。智伯被趙襄子所滅，豫讓乃易姓埋名，漆身吞炭，數次謀刺趙襄子，不遂，自刎而亡。豫讓橋，即豫讓隱身伏擊趙襄子之地，在邢臺北，不存。

醉落魄 ◎詠鷹

陳維崧

寒山幾堵，風低削碎中原路。
秋空一碧無今古。
醉袒貂裘，略記尋呼處。

男兒身手和誰賭，老來猛氣還軒舉。
人間多少閒狐兔，
月黑沙黃，此際偏思汝。

堵—量詞。座，一般用於牆。
削碎中原路—形容鷹掠地飛過。

略記—大約記得。

賭—較量輸贏。
軒舉—意氣飛揚。
狐兔—被獵之物。
月黑沙黃—形容狐兔出來活動的夜晚。古人認為此時最宜出獵。
汝—指鷹。

賣花聲◎雨花臺

朱彝尊

衰柳白門灣，潮打城還。小長干接大長干。
歌板酒旗零落盡，剩有漁竿。
秋草六朝寒，花雨空壇。更無人處一憑欄。
燕子斜陽來又去，如此江山。

雨花臺—在南京聚寶門外聚寶山上。相傳梁雲光法師在這裡講經，感天雨花，故稱雨花臺。雨，降落。

白門—本建康（南京）臺城的外門，後來用為建康的別稱。

長干—南京地名，船民集居之地。

歌板—歌唱時用來打節拍的竹板。

酒旗—酒簾，以布綴竿，懸於門首，做為招徠酒客之用。

寒—荒涼。

長亭怨 ◎與李天生冬夜宿雁門關作

區大均

記燒燭，雁門高處。積雪封城，凍雲迷路。添盡香煤，紫貂相擁夜深語。苦寒如許，難和爾、淒涼句。一片望鄉愁，飲不醉，壚頭駝乳。

無處，問長城舊主，但見武靈遺墓。沙飛似箭，亂穿向，草中狐兔。

李天生—李因篤，字天生，山西富平人。明末諸生，早年曾參加抗清活動，故屈大均與他意氣相投。

雁門關—故址在今山西雁門關西雁門山上。

香煤—指烤火用的煤炭。

紫貂—用紫貂皮做成的衣服。

「淒涼」句—指李因篤寫的詩詞。

壚—置酒的土臺、土墩子。

駝乳—駝奶酒。

武靈—戰國時趙國武靈王胡服騎射以教百姓，使趙國迅速強大，鄰國不敢入侵。後因諸子內亂被

那能使，口北關南，
更重作、并州門戶。
且莫吊沙場，收拾秦弓歸去。

困餓而死。墓在沙丘（今河北省平鄉縣東北）。前句中的「長城舊主」也指趙武靈王。
口北關南—指張家口以北、雁門關以南的地區。
并州—古九州之一。大約包括現在的山西大部和內蒙古、河北等省部分地區。
秦弓—秦地南山產檀柘，是弓幹的上等材料，故秦以出產良弓著名。屈原《九歌·國殤》有云「帶長劍兮挾秦弓」，這裡是表明詞人希望明君再世，收復故土的決心。

金縷曲 ◎贈梁汾

納蘭性德

德也狂生耳，偶然間，
淄塵京國，烏衣門第。
有酒惟澆趙州土，誰會成生此意。
不信道、竟逢知己。
青眼高歌俱未老，
向尊前、拭盡英雄淚。
君不見，月如水。

梁汾－顧貞觀，字華峰，號梁汾。江蘇無錫人，納蘭性德的朋友。

德也狂生耳－我本是個狂放不羈的人。德，作者自稱。

淄塵京國－謂在京城奔走俗事，衣裳為風塵染黑。淄塵，黑塵，喻汙垢。

烏衣門第－東晉王謝兩望族都住在南京烏衣巷，故以烏衣門第指貴族。作者是權相明珠之子，故云。

「有酒」二句－此謂欲效法平原君愛才好士，然無人識此意。澆，澆酒祭祀。趙州土，平原君墓土。會，理解。成生，作者原名納蘭成德，故自稱成生。

不信道、竟逢知己－萬萬沒有想

共君此夜須沉醉，且由他，
娥眉謠諑，古今同忌。
身世悠悠何足問，冷笑置之而已。
尋思起，從頭翻悔。
一日心期千劫在，
後身緣，恐結他生裡。
然諾重，君須記。

到，今天竟然遇到了知己。

「青眼」句—趁我們青壯盛年，縱酒高歌。青眼，器重之眼光，此指青春年少。

蛾眉謠諑—謂美女遭人嫉妒。顧貞觀曾遭人誣構排擠，罷職歸家。

心期—以心相許，情投意合。

後身緣—身後因緣。佛家講究因緣說。

然諾重—重然諾，守信用。

浣溪沙

納蘭性德

身向雲山那畔行，北風吹斷馬嘶聲。
深秋遠塞若為情。
一抹晚煙荒戍壘，半竿斜日舊關城。
古今幽恨幾時平。

那畔—那邊。

若為情—情何以堪之意。

戍壘—防衛工事。

南鄉子

何處淬吳鉤？一片城荒枕碧流。

曾是當年龍戰地，颼颼。

塞草霜風滿地秋。

霸業等閒休，躍馬橫戈總白頭。

莫把韶華輕換了，封侯。

多少英雄只廢丘。

納蘭性德

「何處」句—謂何處是當年使吳鉤染血的爭戰之地呢？淬，浸染。吳鉤，寶刀，形似劍而曲。傳說春秋時吳王闔閭命人作金鉤，後有人殺掉自已的兒子，以血塗於鉤上，鑄成二鉤，獻給了吳王。後來泛稱寶刀，利劍為吳鉤。

龍戰地—指古戰場。龍戰，《易・坤》：「龍戰於野，其血玄黃。」本指陰陽二氣的交戰，後代指群雄割據的爭戰。

韶華—美好的年華。

【卷六】

詞人略傳

卷一◉敦煌曲子詞人

唐、五代的曲子詞抄本，大約寫作於八世紀至十世紀之間，大多數是無名氏的作品，包括部分民間創作。從形式上看，有小令也有長調；從內容來看，多是描寫男女情愛之作；從風格上看，既有婉約詞的形貌，也有豪放詞的雛形。敦煌曲子詞是在清光緒二十五年（一八九九），在甘肅敦煌藏經洞中發現的。

卷二◉唐五代詞人

李白（七〇一～七六二）

字太白，自號青蓮居士，祖籍隴西成紀，後移居綿州昌明，出生於安西都護府的碎葉城。二十五歲時離蜀，開始長期漫遊生活。天寶初年來到長安，見到賀知章，賀稱其為仙人，並推薦給唐玄宗，供奉翰林。不久辭官而去，抵洛陽時遇杜甫，共遊齊梁。安史亂起，為永王李璘聘為幕僚，兵敗後受累流放夜郎。中途遇赦東還，病逝於當塗。詩風豪邁奔放，飄逸自然，素有詩仙之譽。

韋應物（七三七～約七九一）

京兆長安人。少任俠，曾以「三衛郎」事唐玄宗，後又做過江州、蘇州等地刺史，故有韋江州、韋蘇州之稱。詞存四首，是唐代較早嘗試填詞的作家。今存《韋蘇州集》。

李涉（約八二五）

字不詳，自號清溪子，洛陽人。一生多舛，多次遭貶謫，其詩多寫遷謫之感，行旅之思。擅長七絕。著有《李涉詩》一卷。存詞六首。

劉禹錫（七七二～八四二）

字夢得，洛陽人。貞元九年進士，參與王叔文「永貞革新」失敗後，被貶朗州司馬。終官太子賓客，加檢校禮部尚書。有《劉夢得文集》。

白居易（七七二～八四六）

字樂天，自號香山居士、醉吟先生，太原人，唐代著名詩人。白樂天官至太子少傳，世人成其為「白傳」；因死後諡號為「文」，又稱其為白文公。其詩作風格平暢自然，通俗淺切，老嫗能解。曾自編《白氏長慶集》七十五卷，現存七十一卷。詩近三千首，數量之多，在唐詩人中首屈一指。詞今存三十餘首。

牛嶠（約八五〇～九二〇）

字松卿，一字延峰，隴西人。學識廣博，擅長填詞，是「花間派」重要詞人。詞風香豔綺麗，與溫庭筠相近。著有《歌詩集》三卷，但沒有留傳下來。《花間集》中收錄牛嶠的詞三十二首。

皇甫松（約八五七）

字子奇，自號檀欒子。睦州（今浙江建德）人。舉進士不第，終身布衣。工詩善詞，措辭嫻雅，存古師遺意。詞集已失傳。王國維輯其詞二十二首，名《檀欒子詞》。

韋莊（約八三六～九一〇）

字端己，京兆杜陵人，唐代文學家。他的詩作大多反映出唐末政治亂象，充滿感時傷事的情懷。他是「花間派」詞人中的重要一員，和溫庭筠並稱為「溫韋」。《花間集》收他的詞四十八首，詞有《浣花詞》（王國維輯）。

李珣（約八五五～九三〇）

字德潤，梓州人，唐末詞人。李珣的祖先是波斯人，黃巢之亂時跟隨唐僖宗入蜀避難，之後便定居在梓州。李珣的祖先本是販賣香料和藥材，他自小受到熏陶，參考幾十種古籍，撰寫一本六卷的《海藥草本》。文學方面，他留傳至今的詞有五十多首，分別被收入《花間集》和《尊前集》。被《全唐詩》收錄的詩有五十四首。是「花間派」詞人中重要的一員。

李曄（八六七～九〇四）

即唐昭宗。天祐元年（九〇四）為朱全忠所迫，遷都洛陽。是年被殺。在位十七年，今傳詞數首。

孫光憲（約九〇〇～九六八）

字孟文，自號葆光子，陵州貴平人，五代詞人。孫光憲作師主張清麗，反對粗鄙，認為詩歌應該「言近意遠」。他的詞擅長描繪江南水鄉風光，詞風清麗疏淡。

《花間集》和《尊前集》中共收錄孫光憲的詞八十四首，是同時期詞人中除了馮延巳之外存詞最多的人。王國維極其詞八十四首，名《孫中丞詞》。

卷三、四◉兩宋詞人

潘閬（約一〇〇九）

字逍遙。一說大名（今屬河北）人，一說廣陵（今江蘇揚州）人。在京師以賣藥為生，好結交權貴，後經人推薦說其能詩，宋太宗賜進士及第，授國子四門助教。不久，因狂妄被削職。真宗時遇赦，任命為滁州參軍。詩詞多浪漫色彩，筆調清新。著有《逍遙集》。今傳詞十首。

寇準（九六一～一〇二三）

北宋政治家、詩人。字平仲。華州下邽（今陝西渭南）人。真宗年間兩度出任宰相。乾興初年因誣陷遭貶。為人剛直，敢於言事，著有《巴東集》。存詞四首。

柳永（約九八七～一〇五三）

字耆卿，本名三變，字景莊，因為他在家排行第七，所以人們稱他為柳七，崇安人。柳永在宋仁宗景祐元年中進士，官至屯田員外郎，故又稱其為柳屯田。柳永一生仕途不順，因此他流連青樓楚館，在偎紅倚翠中尋找心靈寄託。柳永是北宋第一位專門以作詞為主的詞人，使宋詞變得更加通俗化和口語化。有《樂章集》傳世。

范仲淹（九八九～一〇五二）

字希文，吳縣人，北宋著名政治家、文學家。宋仁宗時，范仲淹官至參知政事；仁宗慶曆三年，范仲淹又提出「十事疏」，宋仁宗對他所提出的建議全都採納並陸續推行，史稱「慶曆新政」。後因保守派反對，未能善終。死後諡號為「文正」。詞作大部分散佚，僅存五首。有《范文正公集》傳世。

歐陽修（一〇〇七～一〇七二）

字永叔，晚號醉翁，晚號六一居士，廬陵人。北宋著名文學家，詩、詞、散文以及史傳無一不通達。歐陽修的詞作多以離愁別恨、兒女戀情、惜春憐花為吟詠內容，詞風清新自然。著有《六一詞集》、《歐陽文忠集》等，今存詞不到三百首。

王安石（一〇二一～一〇八六）

字介甫，號半山，臨川（今屬江西）人。神宗朝曾任相實行變法，中因受阻多變故，晚年退居金陵。卒謚文。其詞風骨清肅，感慨深沉，音調高昂，境界闊大。有輯本《臨川先生歌曲》。

張舜民（生卒年不詳）

字芸叟，自號浮休居士，又號齋，北宋邠州（今陝西彬縣）人。娶陳師道之姊為妻，與蘇軾、黃庭堅等友好。治平二年（一〇六五年）進士，為襄樂縣令。反對王安石變法，貶監邕州鹽米倉，改監郴州酒稅。元祐九年（一〇九四年），出使遼國，歸國後任陝西轉運使，歷知陝、潭、青三州。徽宗時升任右諫議大夫，被貶為楚州團練副使，以集賢殿修撰致仕。著有《畫墁集》，已佚。《永樂大典》輯為八卷。

蘇軾（一〇三六～一一〇一）

字子瞻，一字和仲，號東坡居士，眉州眉山（今四川眉山市）人，中國北宋文豪。其詩，詞，賦，散文，均成就極高，且善書法和繪畫，是中國文學藝術史上罕見的全才，也是中國數千年歷史上被公認文學藝術造詣最傑出的大家之一。其散文與歐陽修並稱歐蘇；詩與黃庭堅並稱蘇黃，又與陸游並稱蘇陸；詞與辛棄疾並稱蘇辛；書法名列「蘇、黃、米、蔡」北宋四大書法家「宋四家」之一；其畫則開創了湖州畫派。因其文、詞頗多於著作，宋代每逢科考常出現其文命題之考試。故時學者有曰：「蘇文熟，吃羊肉、蘇文生，吃菜羹」之說。有《東坡樂府》，存詞三五〇餘首。

黃裳（一〇四四～一一三〇）

字勉仲，延平（今福建南平）人。元豐五年（一〇八二）考取進士第一名，曾任明殿學士、禮部尚書。有《演山先生文集》、《演山詞》。

黃庭堅（一〇四五～一一〇五）

字魯直，自號山谷道人，晚號涪翁，洪州分寧（今江西修水）人。北宋知名詩人，乃江西詩派祖師。書法亦能樹格，為宋四家之一。他在詩文上曾得到蘇軾的指點，為「蘇門四學士」之一。庭堅篤信佛教，慕道教，事親頗孝，雖居官，卻自為親洗滌便器，亦為二十四孝之一。著有《山谷集》、《山谷詞》等。

秦觀（一〇四九～一一〇〇）

字少游，一字太虛，號淮海居士，揚州高郵（今屬江蘇）人。北宋詞人，蘇軾對其文辭很欣賞，稱其有屈原、宋玉之才，是「蘇門四學士」之一。其詞題材多是男女愛慕之事，筆法細膩，音律和美，是婉約派的代表作家。有《淮海集》、《淮海居士長短句》。

賀鑄（一〇五二～一一二五）

字方回，自號慶湖遺老。據說他長身聳目，面色鐵青，所以被稱為賀鬼頭。他擅長詩文，尤長於詞，詞中善用古樂府和唐人詩句。有的作品與秦觀、晏幾道風格相近，但其愛國憂時之作，悲壯豪邁，又與蘇軾相近。著有《東山寓聲樂府》、《慶湖遺老集》。

晁補之（一〇五三～一一一〇）

字無咎，晚號歸來子，濟州鉅野（今屬山東）人。北宋詞人、文學家。工書畫，能詩詞，善屬文。與張耒、黃庭堅、秦觀並稱「蘇門四學士」，與張耒並稱「晁張」。有《雞肋集》七十卷、詞集《晁氏琴趣外篇》六卷傳世。

周邦彥（一〇五三～一一二〇）

北宋末期詞人、音樂家，字美成，號清真居士，錢塘（今浙江杭州）人。在仕途上沒有得意成果，長期在州縣間擔任小官職。倒是詞越寫越受世人喜愛，加上精通音律，能自創新曲。宋徽宗時，周邦彥升為徽猷閣待制，並提舉大晟府，任命周邦彥擔任主管，從事審訂古調，討論古音，並創設許多音律，影響後世很大。長期被後人尊為「詞家之冠」。周邦彥詞以寫艷情與寫景詠物為主，多寫風月相思、羈旅行役，其次是寫景詠物，還有一些懷古傷今之作。

葉夢得（一〇七七～一一四八）

字少蘊，自號石林居士，吳縣（今江蘇蘇州）人。能詩文，特別擅長詞。早期詞作多散佚。早期詞風華綺，後期多傷懷國事，成為豪放派後繼者之一。有《健康集》、《石林詩話》、《石林燕語》、《幽暑錄話》等著作，詞集有《石林詞》。

朱敦儒（一〇八一～一一五九）

字希真，號岩壑，又稱伊水老人、洛川先生，洛陽人。早年生活放蕩，中年多感懷憂憤之作，格調悲涼。晚年隱居山林，多描寫自然景色和閒適生活。著有《岩壑老人詩文》、《獵校集》，已佚。今有詞集《樵歌》。

李綱（一〇八三～一一四〇）

字伯紀，邵武（今屬福建）人。宋徽宗政和二年（一一一二年）進士，與趙鼎、李光和胡銓合稱「南宋四名臣」。曾固守汴京，擊退金兵。其詠史之作形象鮮明生動，風格沉雄勁健。有《梁溪先生文集》、《靖康傳信錄》、《梁溪詞》。現存詞五十多首。

趙鼎（一〇八五～一一四七）

字元鎮，自號得全居士，解州聞喜（今山西省聞喜縣）人，宋高宗時宰相。因力主抗金，被秦檜陷害，貶謫至泉州、潮州，再貶至海南島吉陽軍。紹興十七年（一一四七年）八月，絕食而死，臨終前自書墓石：「身騎箕尾歸天上，氣作山河壯本朝」，葬於昌化縣舊縣村。孝宗即位，追謚忠簡，封豐國公。有《得全集》。

李清照（一〇八四～約一一五一）

自號易安居士，濟南章丘人。出身書香仕宦之家，能詩文。嫁與諸城太學生趙明誠，同好金石，常相唱和。其詞以南渡為界，分為前後兩期。前期多寫自然風物與離情別思，後期寫傷時念舊和國破離亂的感嘆。語言清麗雅潔，後人稱之「易安體」，為婉約派重要代表。後人輯有《漱玉集》，收詞約六十首。今人輯有《李清照集》。

向子諲（一〇八五～一一五二）

字伯恭，自號薌林居士，臨江（今江西清江縣）人。紹興中，累官戶部侍郎，知平江府，因反對秦檜議和，落職居臨江，其詩以南渡為界，前期風格綺麗，南渡後多傷時憂國之作。有《酒邊詞》。

蔣興祖女（生卒年不詳）

蔣興祖，靖康間陽武令。宜興（屬江蘇）人。能詩詞。據《宋史・忠義傳》載，欽宗靖康年間，金兵南侵時，蔣興祖為陽武縣令，在城被圍時，堅持抗戰，至死不屈，極為忠烈。他的妻、子均死於此。其女年輕貌美，被金兵擄去，押往金人京師——中都（今北京）。途經雄州驛，題《減字木蘭花》詞於壁。

陳與義（一〇九〇～一一三九）

字去非，號簡齋，宋洛陽人。官至參知政事，時稱賢臣。工詩詞，其詩字句明淨，音調響亮。著有《簡齋集》、《無住詞》等。

張元幹（一〇九一～約一一七〇）

字仲宗，自號蘆川居士，真隱山人。福建（今福建）人，南宋初期詞人。曾為李綱僚屬，協同抗金。靖康元年（一一二六年）因不願與權奸同朝，致仕南歸。南宋紹興年間，因作詞贈送主戰派胡銓，觸怒秦檜，削除官籍。晚年寓居福州，秦檜死後，張元幹又來到臨安，羈寓西湖之上，並重遊吳興等地，後客死他鄉。有《蘆州歸來集》、《蘆州詞》。

胡銓（一一〇二～一一八〇）

字邦衡，號澹庵，謚號忠簡，吉州廬陵（今江西吉安）人。他反對議和，是南宋抗金名臣。因上疏請斬秦檜等三人並羈留虜使，幾遭貶謫。詞作不多，筆墨酣暢，意氣風發，慷慨激昂。有《澹庵文集》、《澹庵詞》。

岳飛（一一〇三～一一四二）

字鵬舉，相州湯陰（今河南湯陰）人，南宋抗金名將，官至少保、武勝定國軍節度使、武昌郡開國公，追諡武穆、贈太師、封鄂王，改諡忠武。傳詞僅三首，影響最大的是〈滿江紅〉。

韓元吉（一一一八～一一八七）

字無咎，號南澗，開封雍丘（今河南杞縣）人。官至吏部尚書，以致力興辦學校聞名。其詞多抒發抗戰之志，慨嘆英雄遲暮。有《南澗詩餘》存世。

袁去華（生卒年不詳）

字宣卿，豫章奉新（今屬江西）人。其學問淵博，文筆精健，尤長於詞賦，詞風細膩深沉。有《宣卿詞》。

陸游（一一二五～一二一〇）

字務觀，號放翁，越州山陰（今浙江紹興）人。後人每以陸游為南宋詩人之冠。陸游是現留詩作最多的詩人。陸游出身於一個由「貧居苦學而仕進」的世宦家庭。

陸游的高祖是宋仁宗時太傅陸軫，祖父陸佃，父親陸宰。當時正值宋朝腐敗不振、屢遭金國（女真族）侵略的年代。出生次年，金兵攻陷北宋首都汴京，他於襁褓中即隨家人顛沛流離，因受社會及家庭環境影響，自幼即立志殺胡（金兵）救國。作品題材廣闊，內容豐富，前期多豪邁，後期多平淡。其詞纖麗處似秦觀，雄慨處似蘇軾。有《劍南詩稿》、《渭南文集》。有《放翁詞》，收詞一百三十多首。

范成大（一一二六～一一九三）

字致能，自號石湖居士，謚文穆，吳郡（今江蘇蘇州）人。曾出使金國，全節而歸，為朝野所稱道。他與楊萬里、陸游、尤袤合稱南宋「中興四大詩人」。其詩風格輕巧，但好用僻典、佛典。晚年所作《四時田園雜興》六十首是其代表作，錢鍾書在《宋詩選注》中謂之「也算得中國古代田園詩的集大成」。出使金國有日記《攬轡錄》。另有《石湖詩集》、《石湖詞》、《桂海虞衡志》、《驂鸞錄》、《吳船錄》、《吳郡志》等著作傳世。

張孝祥（一一三二～一一六九）

字安國，號於湖居士，歷陽烏江（今安徽和縣）人，為唐代詩人張籍的後代。宋高宗紹興二十四年（一一五四年），廷試第一。曾因事忤秦檜下獄。宋孝宗時，任中書舍人直學士院。後因贊張浚北伐，事敗被革職。又為荊南湖北路安撫使，頗有政績。著有《於湖集》、《於湖詞》。其才思敏捷，詞豪放爽朗，風格與蘇軾相近。

辛棄疾（一一四〇～一二〇七）

字幼安，號稼軒居士，濟南歷城（今屬山東）人。生於金國，少年抗金歸宋，曾任江西安撫使、福建安撫使等職。追贈少師，諡忠敏。南宋豪放派詞人，人稱詞中之龍，與蘇軾合稱「蘇辛」，與李清照並稱「濟南二安」。其一生專門寫詞，現存詞六二〇多首，其中抒發愛國思想所作占大多數。詞作突破了音律限制，大量吸收口語及古語，多用比興的修辭手法。辛詞豪邁奔放，慷慨激昂，是豪放詞的代表。風格變化多樣，還有描寫鄉間生活、田園風光的作品。著有《稼軒長短句》。

陳亮（一一四三～一一九四）

字同甫，號龍川先生，永康（今浙江金華永康市）人，南宋政治家、哲學家、詞人。宋史稱他「為人才氣超邁，喜談兵，議論風生，下筆數千言立就」。始終堅持抗金，所寫策論氣勢磅礴，筆鋒犀利。著有《龍川先生集》、《龍川詞》。

楊炎正（一一四五～一二一六）

字濟翁，吉州廬陵（今江西吉安）人，楊萬里之族弟。楊炎正與辛棄疾交誼甚厚，多有酬唱。其多數詞作風格清爽；有感傷時事之作，沉鬱蒼涼，風格與辛棄疾較為接近。有詞集《西樵語業》。

劉過（一一五四～一二〇六）

字改之，號龍洲道人，南宋詞人，吉州太和（今江西泰和）人，一稱廬陵（今江西吉安）人。喜言兵事，早年流落江湖，重義氣，力主恢復北土，與岳珂友好，與辛棄疾有唱和，詞風亦相近，「贍逸有思致」。劉熙載說「劉改之詞狂逸中自饒俊致」。與劉仙倫齊名，世稱廬陵二布衣。有《龍洲集》、《龍洲詞》。

劉仙倫（生卒年不詳）

字叔儗，號招山，吉州廬陵（今江西吉安）人，與劉過齊名，世稱廬陵二布衣。其詞清暢自然，岳珂謂其「才豪甚，其詩往往不肯入格律」。一生未出仕。有《招山小集》一卷。

戴復古（一一六七～？）

字式之，台州黃岩（今屬浙江）人。終生未得功名，常居南塘石屏山，故自號石屏，南宋著名的江湖派詩人。其詩詞格調高朗，詩筆俊爽，清健輕捷，工整自然。傳世有《石屏詩集》、《石屏詞》一卷。

崔與之（一一五八～一二三九）

字正子，號菊坡，謚清獻。廣東增城人。家境清貧，得友人之助入太學，南宋紹熙四年（一一九三年）中進士，擢廣西提點刑獄，有政聲。崔與之詞章造詣高，被尊為「粵詞之祖」，為菊坡學派代表人物。從政數十年，以「無以財貨殺子孫，無以政事殺民，無以學術殺天下後世」自警，一生不置產，不蓄妓，不收贈禮。有《崔清獻公集》。

黃機（生卒年不詳）

字幾仲（一作幾叔），號竹齋。東陽（今屬浙江）人。約宋寧宗時期，只做過州郡里的小官。工詞，與岳珂同時，並以長調互相酬唱。詞學辛棄疾，才氣磊落，激昂蒼涼。今傳《竹齋詩餘》。

俞國寶（生卒年不詳）

號醒庵。臨川（今屬江西）人。江西詩派著名詩人之一。約宋寧宗慶元初前後在世。孝宗淳熙間為太學生。國寶性豪放，嗜詩酒，曾遊覽全國名山大川，飲酒賦詩，留下不少膾炙人口的錦詞佳篇。著有《醒庵遺珠集》十卷，不傳。

劉克莊（一一八七～一二六九）

初名灼，字潛夫，號後村居士，莆田（今屬福建）人。江湖詩派的主要作家，寫過很多憂國傷時的作品。詞也很著名，多是感慨時事，風格豪放悲壯。但不及辛詞的機警深沉。著有《後村大全集》、《後村長短句》。

吳文英（約一二〇〇～一二六〇）

字君特，號夢窗，晚年又號覺翁，四明（今屬浙江）人。一生未仕，但交遊甚廣，作詞較多。是一位重要詞人。他的詞一向被人稱為晦澀堆垛。南宋詞人張炎便曾說吳文英的詞「如七寶樓台，眩人眼目。碎拆下來，不成片段」。今傳有《夢窗集》。

方岳（一一九九～一二六二）

字巨山，自號秋崖。祁門（今屬安徽）人。紹定五年（一二三二）進士，因觸犯湖廣總領賈似道，被移治邵武軍。後知袁州，因得罪權貴丁大全，被彈劾罷官。後復被起用知撫州，又因與賈似道的舊嫌而取消任命。有《秋崖先生詞》。

陳人杰（一二一八～一二四三）

一名經國，字剛父，號龜峰，長樂（今福建福州）人。陳廷焯《雲韶集評》謂「《龜峰詞》悲而壯」。其詞全用〈沁園春〉調，抒寫憂國傷時之情與報國殺敵的激切之心，風格悲壯。有《龜峰詞》。

文及翁（一二一八～一二四三）

字時學，號本心。綿州（今四川綿陽）人，移居吳興。寶祐元年（一二五三年）中進士。宋亡不仕，閉門著述。原有集，已佚。存詞一首。

周密（一二三二～一二九八）

字公謹，號草窗，祖籍濟南，流寓吳興，居弁山，又號弁陽老人、泗水夫等。

工詞，與王沂孫、張炎齊名。又與吳文英（夢窗）並稱為「二窗」。宋亡不仕，潛心著述。有《草窗洞》、《蘋州漁笛譜》等。

盧祖皐（約一一七四～一二二四）

字申之，一字次夔，號蒲江，永嘉（今屬浙江）人。詞細致淡雅，文句工巧，近姜夔，不及姜詞剛勁，華美婉約，學晏幾道，不似晏詞沉鬱。有《蒲江詞》。

劉辰翁（一二三二～一二九七）

字會孟，號須溪，盧陵（今江西吉安）人。曾除太學博士，宋亡，隱居不仕。為人耿直，詞風遒勁，情辭跌宕，間有清靈婉約之作。今傳《須溪詞》。

鄧剡（一二三二～一三〇三）

一名光薦，字中甫，又號中齋，盧陵（今江西吉安）人。景定三年（一二六二）進士，為文天祥門友。崖山兵敗，投海遇救。宋亡不仕。今人輯有《中齋詞》。

文天祥（一二三六～一二八三）

初名雲孫，字天祥。改字履善，又字宋瑞，號文山，吉水（今江西吉安）人。寶祐四年（一二五六年）中狀元後，授簽書寧海軍節度判官。文天祥以忠烈名傳後世，抗元受俘期間，元世祖以高官厚祿勸降，文天祥寧死不屈，從容赴義，生平事蹟被後世稱許，與陸秀夫、張世傑被稱為「宋末三傑」。有《文山先生全集》。

蔣捷（生卒年不詳）

字勝欲，號竹山，陽羨（今江蘇宜興）人。宋度宗咸淳十年（一二七四）進士。入元不仕，隱居太湖竹山。有《竹山詞》。

張炎（一二四八～約一三二〇）

字叔夏，號玉田，晚年號樂笑翁。祖籍陝西鳳翔，生於臨安。著名將領張俊六世孫，詞人張樞之子。前半生居於臨安，生活優裕，而宋亡以後則家道中落，晚年漂泊落拓。著有《山中白雲詞》，存詞三百多首。張炎另一重要的貢獻在於創作了中國最早的詞論專著《詞源》，主張清空，提倡雅詞。

吳激（一〇九〇～一一四二）

字彥高，自號東山散人，建州（今福建建甌）人。北宋宰相吳栻之子，書畫家米芾之婿，善詩文書畫，所作詞風格清婉，多家園故國之思，與蔡松年齊名，時稱「吳蔡體」，並被元好問推為「國朝第一作手」。曾出使朝鮮。有《東山樂府》。

張中孚（約一〇九六～一一五四）

字信甫，自號長谷老人。喜讀書，精於翰墨，詞風悲涼。有《三谷集》。

蔡松年（一一〇七～一一五九）

字伯堅，因家鄉別墅名為蕭閒堂，故號蕭閒老人。真定（今河北正定）人。其作品風格清秀雋朗，有《蕭閒公集》傳世，其詞《蕭閒老人明秀集》六卷，今存三卷。

完顏亮（一一二二～一一六一）

字符功，金太祖孫。金皇統九年（一一四九），殺熙宗自立為帝，改元天德。後伐宋，為其部下所殺。好讀書。今存詞四首。

趙秉文（一一五九～一二三二）

金代學者，畫家，書法家。字周臣，號閒閒居士，晚年稱閒閒老人。磁州滏陽（今河北磁縣）人。世宗大定二十五年進士，官至禮部尚書。哀宗即位，改翰林學士，同修國史。歷仕五朝，自奉如寒士，未嘗一日廢書。能詩文，詩歌多寫自然景物，又工草書，有《閒閒老人滏水文集》二十卷。

元好問（一一九〇～一二五七）

字裕之，號遺山，山西秀容（今山西忻縣）人，世稱遺山先生。金、元之際著名文學家。少聰慧，七歲能詩，十幾歲就名震京師。輯有《中州集》、《中州樂府》、《壬辰雜編》等，其《論詩》絕句三十首在中國文學批評史頗有地位。其小令婉約，長調豪放。有《遺山集》。

段克己（一一九六～一二五四）

金代文學家。字復之，號遯庵，別號菊莊。絳州稷山（今屬山西）人。哀宗時與其弟段成己先後中進士，趙秉文稱其為「二妙」。但入仕無門，在山村過著閒居生活。金亡，避亂龍門山中。有詩詞合集《二妙集》八卷。工詞，有《遯庵樂府》一卷。

段成己（一一九九～一二七九）

字誠之，號菊軒先生，山西稷山人。正大七年（一二三〇年）進士，授宜陽主簿。金亡，避居龍門山（今山西河津縣），後遷徙晉寧。入元後，曾擔任平陽路儒學提舉，悠遊以卒。有詩詞與段克己合稱《二妙集》，另有詞集《菊軒樂府》一卷。

王惲（一二二七～一三〇四）

字仲謀，號秋澗，衛州汲縣（今屬河南）人，累官至中奉大夫。為元好問弟子，為文不蹈襲前人，獨步當時。其書法遒婉，與東魯王博文、渤海王旭齊名。有《秋澗大全集》一百卷，詞附其中。《彊村叢書》輯為《秋澗樂府》四卷。

劉敏中（一二四三～一三一八）

字端甫，號中庵，濟南章丘（今屬山東省）人。歷任監察御史、集賢學士、翰林學士承旨。卒賜光祿大夫，追封齊國公，謚文簡。劉敏中擅長散文，文風從容，理備辭明，極得文壇前輩杜仁傑欣賞。著有《中庵樂府》二卷。

劉因（一二四九～一二九三）

字夢吉，號靜修、樵庵，又號雷溪真隱。保定容城（今屬河北）人，元代詩人。天資過人，三歲能識字，過目即能記誦。六歲寫詩，七歲作文，落筆驚人。年剛二十，才華出眾。性不苟合。家貧教授生徒，皆有成就。因喜諸葛亮「靜以修身」之語，題所居為「靜修」。至元十九年（一二八二年）應召入朝，為承德郎、右贊善大夫。不久藉口母病辭官歸。母死後居喪在家，力辭不就。工詩文、善畫，有《靜修集》。

趙孟頫（一二五四～一三二二）

字子昂，號松雪道人，別號鷗波、水精宮道人等。吳興（今浙江湖州）人，宋室後代。元代官僚，書畫家。其妻為元朝畫家、詩人管道昇。元朝畫家王蒙之外祖父。工書畫，有《松雪詞》一卷。

鮮于樞（一二五九～一三〇一）

字伯機，號困學民，又號直寄老人、西溪子、虎林隱吏。漁陽（今天津薊縣）人。歷仕路吏、兩浙轉運司經歷、江浙行省都事、太常寺典簿等。精於書畫詞賦、古玩鑑賞。鮮氏工於書法，尤善行草，取法唐人，在元代與趙孟頫齊名。

薩都剌（一二七二～？）

字天錫，號直齋，元代著名詩人、畫家、書法家。蒙古化的色目人（一說回回人）。先世可能為突厥人。出身將門，但據其《溪行中秋玩月》詩自序，幼年家貧。早年科舉不順，以經商為業。到泰定四年（一三二七年）才中進士，一生只做過一些卑微的官職。為官清廉，有政績，不趨炎附勢，因得罪權貴而被貶。有《雁門集》三卷，集外詩一卷，詞集名《天錫詞》。

劉基（一三一一～一三七五）

字伯溫，號犁眉，青田（今屬浙江）人。元末進士，南宋抗金將領劉光世的後人。通經史、曉天文、精兵法。他以輔佐明太祖朱元璋完成帝業、開創明朝並保持國家安定，因而馳名天下，被後人比作為諸葛武侯。朱元璋多次稱劉基為「吾之子房也。」授資善大夫、上護軍，封誠意伯。正德時追贈太師，謚文成。有《誠意伯文集》。

高啟（一三三六～一三七四）

字季迪，號青丘子，長洲縣（今蘇州市）人，明初十才子之一。因得罪明太祖，以魏觀案累文字獄，處腰斬。詞以疏曠見長，有《和舷詞》。

楊慎（一四八八～一五五九）

字用修，號升庵，別號博南山人、博南戍史，謚文憲，四川新都人，祖籍江西盧陵，為內閣首輔楊廷和之子，正德年間狀元，官至翰林院修撰。大禮議事件中，因率領百官在左順門求世宗改變皇考，而遭貶雲南，終老於戍地。楊慎與解縉、徐渭合稱「明朝三才子」。著作達百餘種，後人選輯為《升庵集》八十卷行世。

張煌言（一六二〇～一六六四）

字玄箸，號蒼水，鄞縣（今浙江寧波）人。崇禎壬午（一六四二年）舉人。著名抗清義軍將領，南明大臣，文學家，被清兵所俘殉國。有《張蒼水集》。

吳易（？～一六四六年）

南明抗清將領。易一作昜，字日生，號朔清，吳江（今屬江蘇蘇州）人。崇禎十六年進士，明亡堅持抗清，率兵三次占領吳江城，兵敗被殺。

吳偉業（一六〇九～一六七一）

字駿公，號梅村，太倉（今屬江蘇）人，明末清初著名詩人、政治人物，長於七言歌行，初學「長慶體」，後自成新吟，後人稱之為「梅村體」。崇禎四年（一六三一年）參加會試，崇禎帝在吳的試卷上批「正大博雅，足式詭靡」，殿試高中一甲第二名進士榜眼，授翰林院編修。明亡以後，短暫出仕弘光帝朝廷，任詹事府少詹事，不久請假歸鄉，不再出仕。著有《梅村家藏稿》、《梅村詩餘》，傳奇《秣陵春》，雜劇《通天台》、《臨春閣》，史料《綏寇紀略》等。

曹溶（一六一三～一六八五）

字秋岳，一字潔躬，號倦圃，浙江秀水（今嘉興）人。明崇禎十年（一六三七）進士，授御史。明亡，參入李自成政權。入清，歷官戶部侍郎、廣東布政使。左遷山西陽和道。後告老辭官，舉博學鴻詞科而不就。康熙中，薦舉皆不赴，終老林泉。

有《靜惕堂詞》。

鄧千江（生卒年不詳）

臨兆（今屬甘肅）人。金初士子。詞存《望海潮》為千古絕唱，沉雄有力，流傳甚廣。

耶律楚材（一一九〇～一二四四）

字晉卿，號湛然居士，又號玉泉老人。契丹族，遼皇族子孫。金末元初人，仕蒙古三十年，元太宗時期官至中書令（相當於宰相）。精通天文、地理、術數、醫卜之學，工詩，亦能詞，氣格高遠渾厚，有蘇、辛之風。有《湛然居士文集》。詞僅存一首。

劉秉忠（一二一六～一二七四）

字仲晦，初名侃，又名子聰，敕賜名秉忠，號藏春散人。元朝忽必烈可汗宰相。謚文正，贈太傅、常山王。工詩、詞和散曲，著有《藏春散人集》及樂府。

張野（生卒年不詳）

字野夫，號古山，邯鄲（今屬河北）人。官翰林學士，工詞，風格雄健。有《古山樂府》傳世。

陳維崧（一六二五～一六八二）

字其年，號迦陵，江蘇宜興人。明末清初詞壇第一人，「陽羨詞派」領袖。陳維崧生於明熹宗天啟五年（一六二五年），是明末四公子之一陳貞慧之子，以其鬚長，時稱陳髯，早有文名。十七歲應童子試，被陽羨令何明瑞拔童子試第一，與吳偉業、冒襄、龔鼎孳、姜宸英、邵長蘅、彭孫遹等人有往來。與吳兆騫、彭師度同被吳偉業譽為「江左三鳳」。與吳綺、章藻功稱「駢體三家」。明亡後，科舉不第。康熙十八年（一七〇九年），舉博學鴻詞科，授官翰林院檢討。工詩、詞、駢文，駢體文亦是清初大家。詩詞作品極多，是歷代詞人詞作品最豐富的。著有《湖海樓全集》五十卷、《湖海樓詩集》八卷、《陳迦陵文集》十六卷、《陳迦陵詞集》三十卷、《陳檢討四六文集》二十卷、《烏絲詞》四卷、《兩晉南北史集珍》六卷。

朱彝尊（一六二九～一七〇九）

字錫鬯，號竹垞，明末清初浙江嘉興人。是詩人、詞人、經學家。彝尊讀書過目成誦，博通經史，擅長詩詞，為浙西詞派的創始者，又精於金石考證之學。詩與王士禛齊名。有《日下舊聞》四十二卷、《明詩綜》一百卷、《詞綜》三十八卷、《明詞綜》十二卷、《曝書亭集》八十卷等。

區大均（一六三〇～一六九六）

字翁山，又字介子，番禺（今屬廣東）人，明末清初著名學者、詩人。少年為諸生，明亡後曾參加抗清活動，兵敗為僧，中年還俗。一生坎坷，所作悲涼慷慨，工詩，尤長於描寫山林邊塞景物。後人輯有《翁山詩外》、《翁山文外》、《翁山易外》、《廣東新語》及《四朝成仁錄》等。

納蘭性德（一六五五～一六八五）

原名成德，字容若，號飲水、楞伽山人，室名通志堂、淥水亭、珊瑚閣、鴛鴦館、繡佛齋。滿洲正黃旗人，清朝政治人物、詞人、學者。康熙進士，官一等侍衛，善騎射，廣交友，好讀書，作詞主情致，工小令。著有《通志堂集》，附詞四卷，名《側帽》。後經顧貞觀增補為《飲水詞》，後人又匯集成《納蘭詞》。現存詞三百四十八首。

國家圖書館出版品預行編目（CIP）資料

豪放詞／孫家琦編輯　一第二版.
一 新北市：人人, 2019.8
面；公分. 一（人人讀經典系列；20）
ISBN 978-986-461-186-7（精裝）

833　　108008434

【人人讀經典系列20】

豪放詞

封面題字 / 羅時僖
書系編輯 / 孫家琦
發行人 / 周元白
出版者 / 人人出版股份有限公司
地址 / 23145 新北市新店區寶橋路 235 巷 6 弄 6 號 7 樓
電話 / （02）2918-3366（代表號）
傳真 / （02）2914-0000
網址 / www.jjp.com.tw
郵政劃撥帳號 / 16402311 人人出版股份有限公司
製版印刷 / 長城製版印刷股份有限公司
電話 / （02）2918-3366（代表號）
經銷商 / 聯合發行股份有限公司
電話 / （02）2917-8022
第二版第一刷 / 2019 年 8 月
定價 / 新台幣 250 元
港幣 83 元

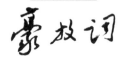

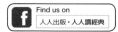